折節の記

小さな元気のお便り集

前田明
Maeda Akira

幻冬舎MC

まえがき

私は74才になります。48年前の26才の時に起業しました。「起業しました」と言うより「起業せざるを得ませんでした」の表現の方が適しているのかもしれません。と言うのも高校を卒業してから失敗が多く、4年遅れて大学に入り且つ2年で中退したと言えば、その訳を想像してもらえるのではないかと思います。やむなく起業したことで「資金なし」「顧客なし」「信用なし」で、ないないづくしでスタートしたため苦難の連続でしたが、それでも何とか何とかと思い頑張ってきた結果、現在では4つの会社を経営しています。その内の一つに、天然水と菊芋並びにコラーゲンの健康食品を販売している株式会社オアシスという会社があります。そのオアシスのお客様に、約3年間ほど毎月1回、商品発送時に手紙文を同梱させていただいてきたのが「折節の記」なのです。菊芋を毎月購入していただいているお客様へ、感謝やお礼の気持ちをお伝えしたい、又オアシスは小さな会社で、皆様が知っている有名な会社ならともかく、オアシスのような無名の会社の食品を口にしていただくのに少しでも「この会社の代表者がこんな人ならまあまあ安心だろう」と思っていただける為にも、代表者である私を知ってもらう必要があるのではないかと思い、毎月のご挨拶のようにしてお送りしてきたのです。

それと、私は他の人と少し違う人生を歩んできているのです。私の妻が41才、私が45才の時に、妻にがんの宣告があったのです。今や2人に1人ががんにかかるという時代ですから、自分の夫や妻ががんと宣告される人は数多くおられるでしょう。しかし私の妻のように早期発見であるが、悪性進行胃がんで非常に治療は困難、よしんば手術をしてもあまり意味がない、余命数カ月と医者から言われたら、あなたならどうされるでしょうか？　妻の病気の内容を病院から聞かされた時、呆然とし、何をどうすれば良いか何も手に付かない状況に陥りました。その時に私の母が一冊の本をくれたのです。「どうせ夜も寝れんのやろ、この本でも読んだら」と言って渡してくれたのが、食事療法を中心にした東洋医学、自然医者の本だったのです。病院から手術をしてもほとんど治る見込みがないと言われても、それを受け入れることができず、何とかできないか、何とかしたいと必死の思いでした。一気に読み終えた私は本に紹介されていた療法を自分なりに考え、取捨選択していわば素人療法を考案し、実践したのです。飲用水から食べ物や鍼治療、さらには気持ちの持ちようや、多くのことを学び、妻に実行していったのです。結果、手術がよしんば成功しても2年も生きられないと言われた妻がこの病気と闘いながら7年も生きられ、尚且つ旅行も出来、スポーツも出来、元気そのものの日常生活が送れたのです。もうだめか、だめになるのではないかという不安にさいなまれながらも、一日一日の生活が出来る喜びを感じることができ、深い感謝の気持ちを持ちながらの7年間を妻と私に与えてくれたのです。又、妻の為にと思い実践してきたことが、結果として私自身の健康に大きく寄与することにもなったのです。言わば妻のまさに死をも意識するほどの病気になったことが私に健康法を与えることになったのです。具体的な食品や食事内容だけでなく、病気に対する気持ちの持ちようなどの体験を皆様にお伝えしたいと思ったのです。

また、失敗が多かった、これからも失敗するであろう私の人生を見ていただき、「私も（僕も）前田のように頑張っていく」、「どんな問題も何とか解決していこう」という気持ちを持っていただければ心より嬉しく思います。一病息災という言葉は何も身体のことだけでなく、あらゆることに通じることではないでしょうか。人生が思うように行かない、つらいことばかりでもそれを乗り越えていく度に成長し、人間や人生の深みを知ることが出来ていくのではないのでしょうか。その結果今までだったらほんの些細な事のように思えた事にでも、喜びを感じることが出来、感謝することも出来、今振り返ると「あの時むしろ病気になって良かったのかな」とか、「あのような辛いことがあって良かったのやなあ」と思えるのではないのでしょうか。私は今も多くの悩みを持っていますが、そのような気持ちを持ち、日々を頑張り生きて行こう、生きて行きたいと思っています。

この度オアシスのお客様だけでなく、多くの方々にそんな私の思いや考え方、ならびに人生を知ってもらえることはこの上ない喜びです。たくさんの人に読んでもらいたいです。特に病気や色々な悩みや苦しみを持っている人に。

目次

1 形見

2018年10月

「親思う心に勝る親心」と申しますが、私はこの言葉を聞くと両親の思い出が蘇ってまいります。

母は残念ながら平成29年8月に97才で亡くなってしまいました。父も14年前にすでに他界しましたが、二人ともたいへん仲の良い夫婦でした。どちらかと言うと感性で行動した父に対して、母はとても思慮深い性格で、私にとって非常に大切な相談相手でもありました。

母の思い出はたくさんありますが、中でも私の小学生の頃のある出来事が忘れられません。

私は小学校から帰るやいなや、カバンを投げ捨てて、近所の子供達と相撲を取ったり、川に魚を獲りに行ったりと毎日外に出て遊んでいたのですが、五時頃になると必ず母が私を探しに来るのです。そして近所に住んでいた母方の祖父母のところへ、母が作ったおかずを持って行く用事を言いつけられたのです。私は四人兄妹でしたので、「なんで毎日僕ばっかりなんや」と文句を言いながら、そのおかずを届けに行っていました。

届けますと、必ず祖父が「将棋をしよう」と言います。最初の頃は、飛車角おちでも勝てなかったのですが、そのうち対等でも勝てるようになりました。その後祖父は亡くなりました。

祖父母は当時、伯父の家に住んでいましたから、母が食べ物を作って持って行く必要はなかったのです。それにもかかわらず、そうして毎日届けていたわけです。母の両親に対する愛情の深さに、親思う心の大切さを私は教わりました。

父は14年前に93才で亡くなりました。父が若い時、親が知り合いの借金の保証人になったことから、家屋を取られ、母親を連れて長屋に住み、学問も旧制中学（今で言う高校）までしか行けず、非常に苦労した、という話をよくしておりました。戦前は火薬所に勤め、戦後は妻（私の母）の親が経営する会社の役員をしておりました。父の思い出もたくさんあります。その中でも特に私の心に残っている、父の形見とも言える言葉があります。「もうええわ」。それは次の場面で聞かされました。

93才で亡くなる前、父の身体が急激に弱っていきました。その時私は、父の足の三里やいくつかのツボにお灸をしたのです。するとある時、突然私の顔を見て「もうええわ」と言ったのです。「なんでや？　お灸して元気にならんといかん」と私が言うと、「お母さんやお前たちのおかげで、わしの人生は良かった。もう思い残すことはない」と言うのです。その言葉を聞いた時、私の中を電流が走ったような気がしました。一日でも一時間でも長生きして欲しいと願っていましたが、父のあまりに予期しない言葉にびっくりし、また、凄いなあと思い、思わずお灸をする手をとめてしまったのです。父というより一人の人間としてさらに尊敬するようになりました。それからほどなくして父は息を引き取りましたが、まさに大往生です。私にもやがて死がおとずれます。その時にもし畳やベッドで最期を迎えることができるなら、自分自身で、自分のやってきたことに、「１００点はやれないけど、70点ぐらいはやれるなあ」と思って死にたいと思います。

　では、そのために今、これから、あるいはいろいろな問題の解決や決断をしなければならない時にどうすれば良いか？　どうすれば将来悔いを残さず「もうええわ」と言ってその時を迎えられるのか？　ずるく立ち回れば目先は得かもしれない。けれど我が人生に悔いなし、と言って人生の舞台から退場するには、誠実を第一にするしかないだろう、そう思いました。

　父がつけていた腕時計も形見として持っていますが、「もうええわ」の言葉に勝るものはない。この言葉は私にとって一番大事な形見となっています。

2　気

2018年11月

今回は私事ながら、今は亡き妻の話をしてみたいと思います。今から25年前のことでした。当時、私が45才、妻は41才でした。ある日、私の体を心配した妻が、「私も行くから一緒に病院に行って検査を受けてくれる？」と言い出し、二人で地元の総合病院で検査を受けたのです。

すると妻が心配した私の方は何事もなく、逆に妻に異常が見つかりました。悪性進行胃がん、それも「印環細胞がん」という、手のほどこしようがない絶望的ながんであると医師から宣告されたのです。場合によっては余命数カ月と言われました。四人の子供も手離れし、ママさん卓球でもしようかなと言っていた矢先のことです。当時は私の事業も苦闘の連続で妻には苦労の掛け通し。何も出来ていなかったですし、何より41才という若さであります。想像すらできない悲しみ、苦しみに陥り、夜も寝られず、もんもんとする毎日でした。その時です、私の母が「どうせ寝れんのやろ。この本でも読んだら」と言って一冊の本を渡してくれたのです。

それは『手術をせずにがんを克服した14人の記録』という食事療法を中心にした自然医学の本でした。むさぼるように読み終え、同類の本を片っぱしから読み、本で紹介されている自然医学者に直接会いに行って詳しく教えてもらったり、逆に西洋医学の知り合いの医者からがんのことを聞いたりと駆け回りました。そして食事を中心にした東洋医学の原因療法で妻を治そうと決め、妻に言いました。「どうも病院では少し治療は難しいようや。食事療法でと思うけど、どうや?」と聞きますと、しばらく考えた後、言いました。「分かりました。あなたにお任せして病院を退院します」と。

それから、二人で二人三脚の治療が始まりました。無農薬の玄米、根菜類の野菜、昆布、わかめの海のもの、水は水道水をやめ、近くにある天然の湧き水。私も同じ食事です。出掛ける時も玄米のおにぎりを持って行きました。玄米はかむ事が大切なので、二人で「一口、百回かもう」と言って、よくかんで食べました。又、大阪の枚方市に鍼灸の名医がおられるというので、毎週一回、住まいのある舞鶴から二時間半かけて通いました。

そうして1年たち2年たち、7年間を元気に生活していました。その間、以前検診をしてもらった医師から、「今も元気におられると聞きました。もう一度奥さんの診察をさせていただけませんか？　前の時に診断をあやまったとしか考えられないのです」と言われたこともありました。

元気に7年間を過ごした後、やはり寿命というべきでしょうか、妻は隣の犬にかまれたことが災いして、あっけなく亡くなってしまいました。

振り返れば、妻はいろいろなものを私に残してくれました。私が71才にしてこんなに元気でいられるのは、妻のためと思って学び、実践してきた食事療法のおかげだと思います。食事療法においては、食事の内容そのものも大事ですが、さらに重要なのは「気」だと思います。妻は玄米をかんでかんで食べている時、必ず治る、治すのだという強い気持ちを持っていました。又、私が同じ食事をするなどして、サポートすることに対して感謝の気持ちを持っていたのだと思います。病は気から、と言いますが、妻はがんの宣告をされてからの7年間、死を意識することで、逆に一日、一日を大切に非常に濃い、深い日々を送ったのかもしれません。

免疫療法を説く本庶佑先生がノーベル賞に輝きましたが、人体の持つ自然治癒力の偉大さ、尊さに改めて感動と感謝の思いを新たにしています。

3　歩

2018年12月

師も走るほど忙しい、と言われる12月ではありますが、今日は自分の足でしっかりと歩むようになった私の次男の話をしたいと思います。

私には子供が四人おります。上三人が男で一番下が娘です。次男は誠と言います。誠以外の三人は勉強よりもスポーツを好み、私や妻もそれを良しとしていました。ところが誠だけは、自分から進んで勉強に励みました。それだけに成績も良く、妻の自慢の子であったのです。しかし、高校一年になったある日、突然「鉛筆の芯の黒い色が恐い」と言い出し、以来、ずっと机に向かえなくなり、そのうちほとんど学校に行けなくなりました。なんとか最低の出席日数は確保して、高校を卒業はしたものの、精神状態は改善するどころか、ますます悪くなっていきました。丁度、その頃妻はがんを宣告され、私も妻の闘病生活に多くの時間を掛けたため、構ってやれません。そのうち、誠はリストカットまでするように追い詰められていったのです。

病院から手術をしてもだめと言われた妻は奇跡的に回復しながら、7年後、隣の犬にかまれたことが災いして亡くなりました。私は、しばらくは悲しみのあまり、何もすることが出来ませんでしたが、気力を振りしぼり、次は次男の番だと決意したのです。ただ、どのようにしたら良いのか、見当がつきません。医師からは「この病気は入院しても良くなることは期待出来ませんよ。家族の愛情、サポートが一番ですよ」と言われたので、どんなに忙しくても自分でサポートしようと思いました。

ある日、ふとテレビを観ていますと、精神的な病にはウォーキングが効果的と言っていました。これだ！　と思い、さっそく誠に「一緒に歩こう」と提案。でも、最初のうち歩き始めてふと後を見ると、彼がとぼとぼと家に帰っていくではありませんか。しかし根気強く誘い出しているうちに、私と並んで歩けるようになっていきました。手ごたえを感じた私は出張や外泊をやめて、毎日毎日誠と歩きました。どんなに遅くなっても誠は私の帰りを待っていました。雨が降っても雪が降っても、傘やカッパを着て二人で歩きました。時には彼の方から「今日は日曜やから遠出をしよう」と言われ、50㎞も歩いたこともありました。

そうして二人でひたすら歩いているうちに、次男の顔色に少しずつ変化が見られるようになり、目も若々しさを宿すようになりました。回復してきたのです。勿論、一緒に歩いている時にも、いろいろと励ましの言葉を掛けました。歩き始めて三年ほどたった時、このような言葉を掛けたことを憶えています。「比叡山延暦寺の千日回峰行を二回も成し遂げた酒井雄哉さんを知っているやろ。誠は酒井お聖人より立派やで」。すると誠はきょとんとしています。酒井お聖人より立派やと言われたものですから、理解できないのも無理はありません。私は続けました。「歩くこともままならない状態から、お前は三年間毎日歩いて来た。誰からも褒められることなく、評価されることなく、成し遂げた。だからお前の方が立派や」と。酒井お聖人にはとんでもない失礼なことを言いましたが、息子は何かを感じた表情をしていたのを憶えています。

時を同じくして、誠に思いがけないチャンスが訪れました。妻を亡くした後、私は事業をしていましたし、子供も四人もいましたので、お手伝いさんに来てもらっていました。そのうちの一人が急に辞められ、その後に、母の友人の福田さんという方が家に来てくれることになりました。この方の趣味が絵手紙で、「誠ちゃんも絵を描かへん?」と言ってくれて誠が描き始め、それをおじいちゃんやおばちゃんに送ったのです。父の家でその絵を見た私はびっくりしました。私は以前ある画家のため画廊を経営していたこともあり、多くの絵画を見てきました。その私が誠の絵手紙を見て「これは……」と驚き、最初は信じることができませんでした。

早速その絵を知り合いの画家に見せ、「息子は何も出来ないけれど、こんな絵を描くので絵を教えてやってくれないか?」と頼んだのです。するとその人は絵を見るやいなや「ほんまに前田さんの息子が描いたんか?」と目を見張りました。こうして誠はこの画家のすすめで、画家の道を歩むことになったのです。美術学校で学んだわけでなく、師匠に教わったわけでなく、画家になったのです。そして今では中国の北京、京都の文化博物館他多くの会場で個展を開かせていただいています。やっと自分の力で歩むことができるようになったのです。

場合によっては廃人になったかもしれない息子がひとかどの社会人になれたことは、本人の強い意志と努力と、なんとか出来ないものかと共に歩んできた私に対しての神様からのプレゼントであるとしか考えられません。本当に感謝してもしきれません。

4 鈴

2019年1月

あけましておめでとうございます

平成31年が明けました。昨年は異常気象やら豪雨、台風、地震と災害の多発で、息つくひまもなかったような慌ただしい一年でありました。新元号元年となる今年は、穏やかで平和な年でありますよう、また皆様のご健勝とご多幸を心よりお祈り申し上げます。

先月は次男誠のことを書かせていただきました。今月も引き続き、誠のことについて書かせていただきます。

高校一年生から悩み出し、そのうち学校も行けなくなって家に引きこもり、そんな誠を見て私は若くしてこの子の人生は終わってしまうのではないかと心配し、息子にとっても辛く厳しい日々を過ごすうちに、ある時思い立って精神衛生上に良いというウォーキングを始めました。毎日毎日二、三時間、自宅裏の堤防沿いの道を、数年間にわたって私と誠の二人で歩いたのです。そのおかげで誠の精神状態が奇跡的に改善してきたことを先に申し上げました。

ところで我が家では私の母が熱心なカトリック信者であり、その影響で家族みんなが信者になり、誠も幼児洗礼を受けていました。

ただ誠はカトリック信者であると同時に、仏教にも関心が強く、高野山真言宗の開祖である弘法大師、空海さんを崇拝し、尊敬しておりました。偉人伝か何かを読んだのでしょうか、六十一年の生涯を通じてそれこそ日本中を巡礼し、各地に大きな足跡を残した日本仏教の巨星です。弘法大師に対する誠の尊崇の思いを知った私は「お大師さんを訪ねて四国八十八カ所霊場巡りに行こうか」と提案しました。誠が28才、私が55才の時です。誠は快諾しました。そして今回は初めてでもあり、歩き巡礼だと時間的にも難しいことから、二人で自転車で巡ろうと決めたのです。

こうして二台の自転車をバンに乗せて行き、宝塚から徳島に向かいました。バンの運転は会社の人が引き受けてくれました。

初めて徳島へ向かう途中、車窓の右手に広がる瀬戸内海の美しさ、鳴門大橋に掛かると左手に見える怖いようなうず潮の壮観、改めて日本の美しさ、変化に富んだ、言葉では言い表すことのできない素晴らしさに誠もすっかり感動していたようです。

そして第一番札所霊山寺に着きました。そこで白装束の帷子、杖、納経帳などの巡礼用品を買い揃えました。いよいよスタートです。まず霊山寺で無事結願を祈り、納経帳に記帳と御朱印をいただきました。お四国巡りではお大師さんをお祀りしている大師堂とご本尊がおられる本堂の両方にお参りします。細い短冊様のお札を納め、二人で二番極楽寺、三番金泉寺と巡拝して行きました。

スタートする前、自転車で巡ろうと決めた時点で二人である取り決めをしていました。巡礼道路には国道もあれば県道もあります。遍路道は四国の大動脈とも重なっており、交通量の多い道路を走行しなければなりません。当然、トラックやダンプ、バスなどの大型車輌が猛スピードで走っているため、二人が自転車を並走させて行くのは危険です。そこで縦列で行くことにしました。ただその場合、前を走る者が後方を何度も振り返るのは危険ですので、二人で取り決めをしたのです。「チリ、チリン！」と自転車のベルを鳴らすこと。前の者がベルを鳴らし、その音が聴こえたら後の者が「チリ、チリン！」と鳴らして応える。「チリ、チリン！（大丈夫かあ？）」「チリ、チリン！（大丈夫！）」の合図を送り合う。そういう決まりにしたのです。今思えばその「チリ、チリン！」の音を聞くたびに、お互いの走行の安全・無事を確認するだけでなく、私と誠が親子の絆を感じ合っていたような気がしてなりません。私には一生忘れることの出来ない音色となりました。

今も誠のことで心配になる時があれば、私の心の中で「チリ、チリン！」。

5　同行二人

2019年2月

自転車で行く次男の誠との四国巡礼は、私にとって意義深いものでした。先月は、無事を確認するためのベルが二人をつなぐ絆になったことをお話ししましたが、今回は自転車で敢行した巡礼だからこそ体験できた辛かったことや、嬉しかったことを聞いて下さい。

平坦な道を進む時の自転車は勿論歩くことよりもはるかに楽で、爽快で、より速く目的地のお寺に着くことができます。しかし、急な坂道の上に建っているお寺を目指す時は、まったく逆の状況となります。八十八カ寺の中には山岳コースとも言うべき難コースのお寺がいくつもあるのです。中には「遍路転がし」と言われ、歩くだけでも大変な巡礼道もあります。そういう上りの時には自転車を降り、自分で自転車を押しながら一時間も二時間もかけて上らなくてはなりません。

それがまた一日に一カ所であればそんなに苦にはなりませんが、巡礼コースによっては一日に二カ所、三カ所と巡ることもあります。そうなるともうたまりません。ある時、三カ所の高い山の頂上にあるお寺を巡礼したことがあります。それは徳島県のお寺を巡礼した時のことです。朝の出発時刻から、どのお寺を巡り、夜はどこの宿に泊まるというスケジュールを会社の人に手伝ってもらい作成していました。一日の行動の距離を80㎞から100㎞を目途にしていたのですが、その行程に高い山の頂上にある札所が三カ寺も組み込まれていたのです。

その日は朝九時に出発し、夕方の五時頃に宿のホテルに電話をしました。「今このようなところにいますが、あと何分でお宅のホテルに着きますか?」と聞きますと、すぐに「約三十分ぐらいですねえ」と言われ、さらに「お車ですね?」と聞かれ、「いや、自転車です」と答えると、「それは大変です。そこからだとうちのホテルまでの途中にすごい峠があります。自転車ならものすごい時間がかかると思いますよ」と言われました。

でも今更行程を変更するわけにもいかず、ホテルに向かって行くより仕方ありません。そのすごい峠を自転車を押して歩いているうちに、時刻は夜の九時を過ぎ、もう辺りは真っ暗です。山道で街灯もありません。車も通りません。気持ちは不安と心細さ、そして身体もくたくたで限界も超えていましたが、ホテルを目指しました。誠を励ましながらホテルに着いたのは十時でした。

ホテルの灯りが見えた時のほっとした、嬉しかった気持ちを今も覚えています。遅くまで特別に待って用意して下さっていた夕食のおいしかったこと、お風呂の気持ち良かったことも忘れることができません。

また、自転車で山道の参道を上っていた時のことで、もう一つ決して忘れられない印象的な出来事がありました。

何番目の札所だったたか、高い山の上にあるお寺を目指して、自転車を押して上っていたのですが、変化に乏しい、同じような景色が何回も何回も現れて気分的にもすっかり参っていた時のことです。急に私の押す自転車が軽くなったのです。「おやっ?」と思い、後ろを振り向くと、なんと誠が片手で自分の自転車を押しながら、もう一方の手で私の自転車を押しているではありませんか。私の「ハアハア」という荒い息遣いを見かねて、押してくれたのでしょう。びっくりしました。「大丈夫や」と言い、眼下に広がる雄大な山並みを見下ろす晴れ晴れとした景色のいいところで二人で休憩を取りました。自分も相当疲れているはずなのになんとやさしい心根の子やなあ、とすっかりたくましくなった息子の横顔を見ながら感激したことは、一生忘れることができません。素晴らしい体験を与えられました。

　これも息子と二人で行く四国八十八カ寺巡礼の大きなご利益であり、ご褒美ではなかったかと思っています。

6　糸（その1）

2019年3月

美しい桜の開花が待ち遠しい頃となって参りました。

折節が移り変わるように、折々に心に浮かぶことを書き記して皆様の何かのご参考になれば、と思い、毎月お届けしている『折節の記』。今月は亡き妻と二人三脚で進めたがんとの闘病の日々を思い起こしてみます。

47年前。私は26才の時に起業しました。資金なし、顧客なし、信用もなし、何もなく、事務所は親の家の一室を借り、事務員さんは母親に務めてもらい、商用にと最初に購入した中古車はブレーキを踏むとトランクが開く代物。さすがの母も笑っていましたが、そのようなどん底状態でスタートしたのです。

それでもそのうちに少しばかりの収益が上がり、洋服の一つでも買おうと紳士服の店へ行きました。その店で店員として働いていたのが妻でした。縁あって結ばれましたが、結婚当初はずいぶんと苦労を掛けたものです。後になって妻から「結婚当初はお金がなく、実家に借りに行ったこともあったんよ」、そんな話を聞かされました。それを聞いた時の申し訳なく、はずかしい思いは今も憶えています。

やがて少しずつ事業も軌道にのり、四人の子供にも恵まれ、時々家族で旅行に行ったり、妻も趣味の卓球を楽しむようになってきていた時のことです。妻が私の身体を心配し、「私も行くから病院に検査に行って」としつこく言うものですから、「僕は大丈夫や」と言いつつ、仕方なしに病院に検査に行ったのです。

すると、心配していた私の方は問題がなく、なんと妻の体に大変な病気が見つかったのです。それも「印環細胞がん」という進行胃がんの中でも特に悪質ながんで、手術をしてもほとんど可能性がない、場合によっては数カ月の生命であると病院から言われたのです。

当時、四人の子供は小学生と中学生、何よりも苦労を共にしてきた当時まだ41

才の妻が死ぬかもしれないということで、言葉では言い表すこともできない不安と怖れと悲しみに襲われ、絶望的な気持ちにさいなまれました。

頼みの綱の病院から回復は難しいと言われ、見放されたような私は一体どうしたら良いのか？　ほとんど夜も眠れない日が続きました。その時に母が「どうせ寝られないのやろ」と言って、「これでも読んだら」と一冊の本を渡してくれたのです。

それは各地のがん患者が東洋医学と食事療法でがんを克服した闘病記でした。読み始めると、何か心に響くものがあり、むさぼるように読みました。読み終えた後も、その種の多くの本を探し求め、また食事療法を実践しているクリニックを訪ねたりして徹底的に研究したのです。そして西洋医学でだめと言うのなら、東洋医学、自然医学、食事療法で妻をなんとか治してみようと決意したのです。

そう決意した私が最初にしたことは、妻への告知でした。私が勉強したことは、この療法では質の良い食事を取り、名医による鍼灸治療なども重要ですが、それと同等あるいはそれ以上に、本人がこの治療法で自分の身体を元に戻すのだという強い思いを持つこと、また、本人が生かされている命に感謝することの大切さでした。それをどう伝え、納得させ、その気になってもらうか。病院から一時退院の許可を得て、家に帰る車の中で妻に胸の内を話しました。さすがに余命数カ月とは言えませんでしたが、「どうも現代医学では難しい病気のようや。西洋医学とは違う、食事療法とか自然医学、東洋医学で治したいと思うけれど、どうや？」と言いますと、数分間の沈黙の後、「そうする」と静かに、でも強い声で言いました。「素人の僕に任せても、ええんか？」と聞きますと「あなたが私のために真剣に考えてくれたことなら、そうする」と言ってくれ、その直後に自主退院したのです。

妻は鋭い直感力を持った女性でした。おかげで私の事業にも、どれだけ大きな力になっていてくれたことか。今から思うと、その直観力で入院先の病院では治らないと悟ったのでしょう。最近では病院でも本人へのがん告知はするようですが、1993年当時はまだ本人への告知は憚られていて、妻も医者から告知されていませんでした。

7 糸（その2）

2019年4月

平成最後の月となりました。

皆様との心のふれあいになればと、毎月お届けしている『折節の記』。前号では、妻が41才の若さで進行性のがんにかかり、余命数カ月と宣告される中で、熟慮の末に東洋医学の自然療法に望みを賭けた始終をお話ししました。

妻への治療が始まりました。食事療法と鍼灸治療です。食事療法では、まず水を水道水から天然水に替えました。幸い家から500mぐらいのところに舞鶴市でも有名な「真名井の清水」という名水が湧いていました。毎日大きなポリタンクで汲みに行きました。子供達も手伝ってくれました。お茶はもちろん、料理にもすべてその名水を使うようにしたのです。

お米は無農薬の玄米に替え、野菜は根菜類が中心で、こちらも無農薬のもの。これらは私の高校の同級生が無農薬・自然食品の店を経営していて助かりました。塩、醤油などの調味料も防腐剤などの化学物質無添加のものを厳選しました。玄米を中心にそうした野菜や発酵食品の食事を心掛け、もちろん私も妻と同じ食事です。玄米は特に何回も何回もかんで食べることで唾液の分泌を促し、唾液と混ざると効果が高いと知ったのです。それに海藻類やみそ、納豆などの発酵食品を多く取り入れ、魚は小魚にしました。肉類は精肉はもちろん、ハム、ソーセージなどの加工食品や牛乳、バター、チーズなどの乳製品も控えることにしました。

妻のための食事療法を勉強、研究、実践していくうちに、現代社会の食事について いろいろと考えさせられました。戦前と戦後で日本人の食生活は大きく変わりました。お米や雑穀、みそ汁、漬け物、納豆などの発酵食品、野菜、海藻類や小魚といった食事から、肉製品や乳製品、パン、油をたくさん使った料理に変わっていったのです。また戦前ではほとんど使用しなかった農薬やホルモン剤、防腐剤、着色料などの食品添加物や化学物質が多く使用されるようになりました。

農業も以前の人糞や腐葉土を肥料に使った有機自然農法から、化学肥料を多用する化学農法になりました。その結果、田畑の土壌も自然に育まれた土から、人工的な土質に代わり栄養価も変質していったのです。

このように戦後大きく変化した食生活、また農薬や添加物が多量に含まれた食品が、がんをはじめとする生活習慣病の急激な増加原因になったことは様々な研究を通じて明らかにされてきました。先の大戦における日本人の犠牲者数は三百万人を超えるとも言われる壮絶なものでしたが、空襲により全国各地が焼土と化したことで、国民生活は一変。食生活にも劇的な変化をもたらしたのです。それまでのご飯とみそ汁、魚介類に獲れたての緑黄色野菜、緑茶といった和食から、パンに肉料理、淡色野菜、コーヒーの洋食へと変わり、人々もそれが新しく、おしゃれでカッコいいとしたのです。この事象は辛く不幸なことと思っています。

妻は、食事療法と同時に、鍼治療も始めました。私は以前から鍼治療を受けていましたが、妻は「鍼で病気が治るなんて信じられないわ」と言って受けつけませんでした。でも、それは対症療法である西洋医学を偏重する風潮の中で、知らず知らずのうちに思い込まされた誤解であるという私の話にうなずき、思い直してくれ治療を受けてくれるようになりました。

鍼の先生にはもちろんすべてをお話しし、先生も全力で治療をして下さいました。治療を始めてしばらくした時の先生の言葉が今も、電流が走ったように思い出されます。なんと「ひょっとすると良くなるかもしれませんよ」。病院から見放され、なすすべもなく眠れない夜を過ごし、あきらめかけていた私達が一縷の望みを託して取り組んだ自然療法。それがかすかながら実を結びつつある！ その時の驚きにも似た喜びは、到底言葉にし尽くせません。「鍼を始めた時より体温が上がり、少し身体に弾力が出てきています」。そして先生の見立て通り、数カ月の命と宣告された妻は元気を取り戻していったのです。やがて一年経ち二年経つうちに家事はもちろん、卓球したり、旅行に行ったり、と普通の生活をすることが出来るようになったのです。

8 糸（その3）

2019年5月

新しい時代が始まりました。さて、6章から始めた妻の闘病記。前号まで41才にして進行性の胃がんが見つかり余命数カ月と宣言されたこと、医師から見放された中で、私が藁にもすがる思いで自然療法を提案、妻も了解し、二人三脚で、もちろん子供たちの手助けも借りながら地道に治療を重ねた結果、奇跡的な回復を遂げたことをお話ししました。

あと数カ月の命、と目の前が真っ暗になり前途を思い悩んでいた私達家族でしたが、治療を続け、いつしかその数カ月が何事もなく過ぎ、翌年のお正月を祝うことが出来ました。そしてさらに半年、一年と時が流れて行きましたが、がん細胞に冒されてやせ衰えるどころか、妻は血色も良く、まるでがん患者であることを忘れさせてくれるように普通に日常生活を送れるまでに元気を回復したのです。

食事療法を中心に鍼治療を併用した自然療法を始めて二年ほどたったある日、病院から電話が掛かってきました。健康診断を受けた妻に異常があるとして胃カメラの検査を勧め、「印環細胞がん」という進行性の胃がんと診断した病院の医師からでした。「奥さんが今も元気におられると聞きました。誤って診断をしてしまったかもしれません。もう一度胃カメラで診察させてもらえませんか」と言うのです。医師が自分の診断を誤診ではなかったかと危ぶみ、胃の中をもう一度見せてほしいとの言葉に、私は憮然としました。もちろん固辞しました。ですが、考えてみれば妻の体は現代医学ではありえない、信じられない回復ぶりだったのです。数カ月どころか、二年以上たった今、妻はなんと家事や旅行はもちろん、趣味の卓球に興じるほどに体力、気力共に充実し、以前にも増して元気に日々を過ごしていたのです。

食事療法と鍼治療のみでがんを克服したと言えば、あるいは「そんなバカな！」と一笑に付されるかもしれません。何しろこの病気の二年以上の生存率は世界中で0％！　それほどの難病なのにその病気を克服出来つつあったことは、信じられないぐらい大きな喜びでした。加えて、もう一つささやかな喜びがありました。週に一度、京都の舞鶴市から大阪の枚方市まで鍼治療に私の運転で往復していたのですが、その道中、夫婦でいろいろな話が出来たことです。

ひょっとしたら数カ月後にはもう声を聴くこともないかもしれないとの思いを心の片隅に潜めながらの会話ですから、お互いに素直に、正直になっていたのでしょう。子供のことにしても、二人のことにしても、仕事のことにしても、将来のことにしても、通常の会話とは違う深く、かつ真剣な話が出来たのです。本当に人生は不思議なものだと思います。辛く苦しい、悲しい状況に置かれたことで、かえって素晴らしいことを経験したり、逆に嬉しい、うまく行っている状況が結果的に不幸のもとになったりと、昔から「禍福は糾える縄の如し」と言われますが、期せずしてそのことを実感させられたような通院途上での出来事でした。

人は誰もが生かされている、と言い、「老少不定」と言いますが、半年と言われた妻の命が、丹精込めた自然食と古来の鍼治療で、医師が自ら誤診と疑うほどの元気をもらい、健康そのものの生活を取り戻すことができました。がんに限らず、現代病と言われる難治性の病気があります。たとえどんなに難しい病でも、生かされている命を思い、病と闘って治してみせるという強い信念と前向きな気持ちを持つことの大切さを教えられました。私に自然療法という治療法を教えてくれた母も、まさかの回復ぶりに驚き、喜んで「神様から奇跡をいただいたねえ」と言っていましたが、まさに家族全員がそのような感謝の思いでいっぱいでした。そうした感謝と喜びの日々を過ごしていた私達に、それはちょうど胃カメラによる検診を受け、がんの告知を受けてから七年目に入った時でした。とんでもないことが起きたのです。

9　糸（その4）

2019年6月

年号が改まって早やひと月が過ぎました。令和元年6月であります。

「なぜめぐり逢うのかを　私たちはなにも知らない
いつめぐり逢うのかを　私たちはいつも知らない」

中島みゆきさんの『糸』という歌です。本当に私達は先のことを「何」も、「いつ」も知らず、一寸先は闇であると思います。

健康診断で妻の胃に進行性の「印環細胞がん」が見つかり、余命数カ月と宣告されながら、食事療法と鍼治療で奇跡的に回復。妻は元気を取り戻し、旅行や趣味の卓球を楽しめるまでになりました。私達家族は神仏のご加護と喜び、感謝の日々を過ごしていました。好事魔多し、と言いますがそうして七年目が過ぎたある日、信じられない出来事が起きたのです。

いつものように会社で仕事をしていた私に、妻から電話が掛かってきました。「今、病院にいるの。犬にかまれて」。なんと散歩をしていて近所の家の飼犬にかまれたというのです。その犬は大きな犬で、常々「かまれたら大変」とみんなから恐れられていました。それが事もあろうに、病み上がりの妻の足を襲ったというのです。病院に運ばれた妻は「狂犬病の心配もあるので抗生物質の注射を、と言われているけれどどうしよう？」と私に相談してきたのです。

思いがけない出来事に、私は深く考える余裕もなく、「そうかあ。もしものことがあったら大変だから、ではそうしようか」と答えました。そして、そう答えたことを、その後長く、今に至るもとんでもないことをしてしまった、と悔やんでも悔やみきれない後悔の念に苛まれることになったのです。抗生物質はすぐれた抗菌薬ですが、それだけ殺菌力が強く、常在菌（いわゆる善玉菌）にも影響を与えて、思わぬ副作用をもたらします。七年間にわたり、飲料水はもちろんのこと、あらゆる食品に気を配り、水道の塩素やフッ素、農薬、いろいろな食品添加物や化学物質を排除、自然食品に慣らされてきていた妻の身体は、極めてデリケートな状態にあるということをつい失念していました。言わば抵抗力、免疫力が低下している身体に強力な薬品を投与してしまったのです。

そしてまた、私自身、妻のがんはもう治ったと錯覚してしまっていたのです。今は理解しているのですが、妻のがんは完治していたのではなく、最悪の状態から普通の細胞に戻りつつあるだけで、がん細胞は残っていたのです。その状態で、強烈な抗生物質を入れたことでがん細胞を再び増殖させてしまった。そのように今は考えています。

注射の後、妻は頻繁に下痢をするようになりました。それから一年間、ありとあらゆる手当を尽くしましたが、悪くなる一方でした。そしてとうとう帰らぬ人となったのです。実にあっけない最後で、家で家族に見守られながら息を引き取りました。もちろん妻の死因がその注射にあったとは断定できません。人の生死は人智では分からないことがあるとも思っています。ただ初めに相談された時にもっと、もっと深く考えるべきであったと悔やんでいます。

妻が死んでしまったことはまさに断腸の思いで、数年間は何も考えられず、何もする気が起きませんでした。しかし、その後、つらつらと思うのは、妻が死をもって私に健康を教えてくれた、ということでした。妻のためにと思い、勉強したことが私の健康に大きく寄与していることに気づいたのです。

今私は健康を維持するために、食事、運動、睡眠、また週一度の鍼治療。いかに血の流れを良くするかに注意を払っています。現代社会で生きている以上、農薬、食品添加物がある程度体内に入ることはやむをえません。そのためにデトックス（毒消し）効果のある食品が大切になります。今の私はすこぶる健康で、これはそうした食生活を始めとする生活習慣のおかげであり、妻のおかげと感謝しています。妻と二人で手探りながら病魔と闘い、そこで得た「医食同源」という知見。それは二人で紡ぎ、織り上げた人生の宝であり、一人でも多くの人々に届けたいと考えました。そのことが菊芋の開発・販売に取り組む機縁になったのです。

「縦の糸はあなた　横の糸は私

織りなす布は　いつか誰かを　暖めうるかもしれない」
中島みゆきさんの『糸』の一節です。

10　舞（その1）

2019年7月

令和に初めての夏がやってきました。万物が調和する穏やかな夏であってほしいものです。

もともとスポーツ大好き人間の私ですが、趣味の領域をはるかに超えて、今では生きがいにまでなっている競技があります。意外に思われるかもしれませんがそれは社交ダンスです。そこで、私を虜《とりこ》にした社交ダンスの魅力についてお話ししたいと思います。きっかけは56才の時、当時引きこもりがちだった次男をなんとか人の集まる場に連れ出したい。そして人とのふれあいの楽しさ、喜びを感じてほしいと思ったことでした。最近のニュースでも問題になっている引きこもり。きわめて深刻な社会問題でありますが、もちろんいろいろな行政の支援や専門家の協力も欠かせません。けれど、まず身近な家族が行動を起こすべきではないでしょうか。まず自分が一歩を踏み出す、あるいは一緒に踏み出そうと寄り添ってくれる身近な人の存在が何より大切だと私は思います。家内が余命数カ月と宣告されながらがんと闘い、ついに医師が驚愕する回復ぶりを見せたのはひとえに私を信じ、絶対に病気に負けないという本人の強い意志であったことはこれまでにもお話ししました。

話を戻せば、私の趣味であり生きがいである社交ダンスも、もともとは息子の「脱・引きこもり」を目的に、言わば息子のために始めたものでした。ですが、今にして思えば私と社交ダンスとの運命的な出合いではなかったかと思わざるをえません。何かを始めるのに年齢は関係ない、とはよく言われますが、少なくとも当時の私は息子を人がふれあう中に引っ張り出し、共通の話題でのコミュニケーションを通じて引きこもりから解放してやりたい、という願いがあっただけで、自分がダンスを趣味にしよう、ダンスの技量や表現力を学ぼう、などという思いは皆無でした。教室でも視線は息子の姿を追い、息子の声を聴こうと耳をそばだてていたのですから。

ところがそれから九年後、私は今年71才ですが、六年前のことです。私は社交ダンスの聖地と言われ、全世界のダンサーのあこがれである、英国・ブラックプールのステージに立っていました。超満員の観客が見守る中、華やかなスポットライトを浴びて踊り、ステップを踏んでいたのです。イギリスのブラックプールと言えば、世紀を超えて毎年社交ダンスの世界選手権大会が開催されることでも知られます。社交ダンスの殿堂であり、ダンサーにとっては文字通り世界一の檜舞台なのです。そこで日本人で初めて、ペアで踊るという光栄に浴しました。今も「なんで私が?」「あれは夢ではなかったか」と信じられないような思いです。当日の会場の雰囲気と緊張と興奮で眠れず、「このまま明日が来なければいいのに」などと埒もないことを考えながら過ごした長い夜の辛さは鮮明に覚えています。

しかしこのブラックプールに自分の力で来たのではない、連れて来てもらったのやと思うことができたことで、眠ることができ、翌日全身全霊の集中した気持ちで踊ることができたのです。さらには館内の割れんばかりの拍手と、スタンディングオベーションまでもいただいたのです。

56才で始め、ダンス歴わずか九年で、さらにしかも65才という高齢で派手なことをしたものですから、帰国後は大変でした。新聞や雑誌、NHKやTBS、毎日放送などテレビ局の取材やインタビューが引きもきらず、まるで一躍スターになったような気分でした。でも、それは神様が私に与えた試練ではないかと思い、檜舞台でえた「いざとなれば人は信じられないような力を発揮できる」という教訓を、今後の人生のエネルギーに変え、仕事に生かしたいと考えました。そして誰もが、何より大切な健康生活を送るためのお手伝いをしたい、と願う今の私がありえます。ブラックプールで学んだ私に与えられた力。その限りを尽くして人々の喜びに繋げていくことが、運命の神様に対する報恩感謝に他ならないと考えたのです。

とは言え、趣味を超えて私の生きがいであるダンス。私の目標はあと四年後の75才になっても若々しく今のダンスを踊ること、そして出来ることならもう少し進歩したダンスをしたいと言うことです。

社交ダンスは健康には大変いいものです。何度も申しますが、私にとっては生きがいであります。今しばらく私のダンス人生の話をしてみたいと思います。

11 舞（その2）

2019年8月

趣味の社交ダンスのお話を続けたいと思います。高校一年の頃から引きこもりの生活を続けてきた次男の誠。幸いウォーキングを通じて気持ちが前向きになり、画家という職業にも就くことが出来たのですが、残念ながら友達がいません。一人でカンヴァスに向かって絵を描いている次男をなんとか人の輪の中に入れたい、あわよくば女友達との出会いも、という期待もあってダンス教室に誘ったのがきっかけでした。

舞鶴のとなり町、福知山にいいダンス教室があると聞き、早速訪ねました。JR福知山駅の近くにある「エレガン」で、森本さんというご夫婦が経営されている雰囲気の凄く良い教室です。その場で入会を決めました。次男のためを思って入ったのですが、いざ通い出すと当初の思惑は見事に外れました。教室に通って来る方の多くは中高年で、誠にふさわしい年代の女性はほとんどいません。口には出しませんが誠もがっかりしたようで、ダンスへの興味も削がれていくように感じられました。そんな息子の気持ちを思いやりながらも、いつしか、なんと私の方がやる気満々。どんどんダンスにのめり込んでいったのです。

もともと身体を動かすことが好き、音楽も大好きで、小学生の頃には父親のLPレコードをかけて楽しんでいました。ペレス・プラードのラテン音楽などを聴くと身体が自然に反応し、軽快なリズムに合わせ、自分で適当に振りつけをして踊っていたのです。しかも、私が大学生だった1970年頃は、社交ダンスが大人気で町のあちこちにダンスホールがあり、ダンスパーティーがブームでした。そういうわけで若い頃の血が騒いだのでしょう、久しぶりのダンスに私はすっかりはまってしまいました。打ち寄せる波が砂浜にしみ込むように、何年もの間看病しながら妻に先立たれてしまい、言いようのない寂しさ、悲しみにひび割れていた心の隙間に、タンゴのせつない響きがしみ込んで来たのです。

そんなわけで夢中になり、息子の尻を叩きながら週に三、四回通うようになりました。通い始めたのが4月の初めでしたが、その教室では年に一度、ホテルを会場にダンスパーティーを催していました。それが4月の末にあるということで、まだ習いたての私達も参加することになりました。パーティーは最初に「フリーダンス」といって参加者同士で自由に踊るプログラムがあり、続いて「アマデモ」という、習っているプロの先生と生徒が踊る練習発表のような演目、そして最後にエキシビジョンとしてプロのショーで構成されていました。

そして開演。皆さんのダンスが始まると、「これは！」と目を見張りました。あまりに上手なのです。一般の参加者によるフリーのダンスを観ただけでもびっくり仰天。フィナーレを飾るプロのダンスを観たときは「この人たちは火星人か！」と思ったほどでした。でも、こうなると持ち前の闘争心に火がつきます。「よーし、やってやろうじゃないか！」。どんどん興味が湧いてきて一日五、六時間の猛練習。仕事とダンスに明け暮れる毎日になりました。

そして一年後、恒例のパーティーが開かれることになり、森本先生から「前田さんもアマデモに出ましょう」と勧められ、「待ってました！」とばかりに快諾。私と誠が森本先生とペアで踊ることになったのです。出場者は当日、全員が朝早くリハーサルをします。誠は苦もなく踊り終えました。次は私の番です。満を持して踊り始めます。ところが曲の途中で突然、踊れなくなりました。体が動かなくなったのです。踊る時間は三分ほど。体で覚えているはずの振りつけなのに体が言うことをきかないのです。

もともとリハーサルは一回と決まっていますが、先生が頼んでくれて特別にもう一度させてもらえることになりました。しかしまただめです。この日のために相当練習してきたつもりでした。ですが、金縛りにあったように手足が動かず、頭の中が真っ白になって何をどうすればいいかまったく分かりません。私は呆然とその場に立ち尽くしていました。

12 舞（その3）

2019年9月

趣味の社交ダンスのお話を続けたいと思います。前号では折角、先生から「前田さんもパーティーに出ましょう」と勧められながら、リハーサルの時に金縛りにあったように突然踊れなくなったことをお話ししました。

頭の中が真っ白になり、呆然と立ち尽くしていた私。森本先生が心配して、後に控えるプロの方々にわけを話し、私のために時間を都合してくれました。結局七回もリハーサルをしたのですが、それでも出来ません。いくらなんでももう限界です。森本先生が近づいてきて言われました。「前田さん、今日はもうあきらめましょう」。その時の先生の落ち着いた、優しい口調に、私は会場を後にしながら唇をかみ締めました。

身体のどこも悪いわけではない。音楽も振りつけもすべて頭に叩き込まれている。この一年間、必死になって先輩の皆さんに少しでも追いつこう、と練習に励んできた。それなのにお前は欠場するのか！　頑張った結果がこのザマか！　こんなみっともない形で途中で投げ出すのか！　ダンス教室「エレガン」の年に一度のビッグイベント。しかもお前はその主催者である森本先生のパートナーを務める役じゃないか。悔しさがこみ上げてきました。……なんとかしなくてはいけません。

パーティー会場は福知山の「サンプラザ万助」という催事場でした。私はかねてから支配人と顔見知りだったもので、係の人に頼んで少しの時間、空いた宴会場を使わせてもらいました。そこで一時間ほど、「シャドウ」という一人で踊るダンスを念入りに繰り返したのです。そしてやっと気持ちが落ち着き、「これなら大丈夫だ」と大きく深呼吸して会場に戻り、森本先生に「ご心配をお掛けしましたが、もう大丈夫です。ぜひ出場させて下さい。よろしくお願いします」と言いました。先生は最初は怪訝な表情をされていました。無理もありません。つい一時間前まで何度も目の前でリハーサルの失敗を繰り返したのですから。でも、私の顔色や目を見て「これなら」と思われたのでしょう。微笑んで「分かりました。頑張りましょう！」とおっしゃって下さいました。そして本番。先生の巧みなフォローもあって私は納得のいく内容で踊り終えることが出来たのです。ただ、森本先生夫妻や当日ご出演の皆さん、プロの先生方に多大のご迷惑を掛けてしまいました。今では世界中の舞台で踊っている私のダンス人生も、最初はこのようなさんざんなスタートだったのです。

赤面のデビューから半年くらいたった後、森本先生から「今度は大阪で踊りませんか」と言われました。会場はなんとリッツ・カールトン！　リッツ・カールトンと言えば大阪を代表する高級ホテルです。一歩踏み入れれば、あちこちの壁や廊下に美術館が所蔵するような油絵がふんだんに掲げられていて、外観からインテリアに至るまでハイグレードな素晴らしいホテルです。ダンス会場となる宴会場もゴージャスにしてエレガント、秀逸のクオリティを醸し出しています。

リッツ・カールトンのような素晴らしいホテルで踊れるのかぁとか、逆にあんなところで踊るなんて果して大丈夫なのか？　とか気持ちが交錯していました。ただ、私はもともと人前で自分を表現することが好きでした。小学校の学芸会の時も、役以外の場面に出ていって先生に注意されたりしたこともありました。

リッツ・カールトンで踊った時の私は58才ぐらいです。若い頃ならいざ知らず、その年齢で二百人にも及ぶ多くの観衆の前で、自分が努力して身につけた技を披露できる。考えただけでも素晴らしく、幸せなことです。また次の披露のために頑張って技を磨いていく、このような日々を送る人生を与えられたことに感謝の他ありません。

小さい頃から身体を動かすことや、音楽を聞くことが大好きでした。心ときめく音楽に合わせて、女性と気持ちを一つにしてステップを踏む社交ダンス。それは、いつしか私になくてはならないものになっていました。ましてや、それを多くの人々の面前で披露できるなど以前は想像もしていませんでした。

さあいよいよリッツ・カールトンでのダンスです。気持ちが盛り上がっていったのを今でも憶えています。

13 舞（その4）

2019年10月

10月の声を聴き、めっきり秋めいてきました。芸術の秋、スポーツの秋。両者を合わせたような社交ダンスのお話を続けたいと思います。前号まで大阪のリッツ・カールトンホテルで私の師である森本先生とデュオで踊ることになったところまでお話ししました。

そしていよいよその日がやってきました。

「さあ、ここで踊るんやなぁ」。早速リハーサルの時間に森本先生と練習を始めました。ところがまたそこで問題が起きました。リッツ・カールトンのフロアがいつも練習をしている「エレガン」のフロアより小さいのです。そのため、森本先生に作ってもらった振りつけで踊ると絨毯にはみ出てしまうのです。今ならなんなく対応出来ますが、当時は、応用がまったく出来ません。教わった通りにしか踊れず、どうしてもはみ出てしまうのです。森本先生は「大丈夫。少し曲がったらいいから。私、お客様とお茶行ってきますね」とまったく意に介していません。一人取り残されて何回も試しましたが、どうしたら良いか分かりませんでした。

そうこうするうちに係の人から「前田さん、出番ですよ。準備して下さい」と声が掛かりました。踊りの確認に一所懸命になっている間に自分の出番が迫っていたのです。大急ぎで衣装部屋に行き、吊り下げられたたくさんの衣装の中から自分の燕尾服を取り出し、着替えました。首のカラーが随分きついなぁと思いましたが、構わず力まかせに閉めると「パリン」と音がして割れてしまいました。胸ポケットにハンカチがあったかどうかも気になりましたが、でも確認する間もなくもう自分の踊る時間が迫っています。急いで会場へ行きました。

森本先生の巧みなリードもあり、なんとか踊り終えることが出来ました。「やれやれ」と安堵しながら傍の壁にもたれて他の人のダンスを観ていました。するとスタッフの方が私の方を見ながら前を行ったり来たりしています。そして、意を決したように私の前で立ち止まると「内ポケットの名前を見て下さい。燕尾服間違っていませんか？」と言うのです。「エーッ！」。見ると名前が違うではありませんか。大慌てで控え室に駆け込むと、私によく似た体形の人が下着姿で、熊のようにうろうろされているのが目に飛び込んできました。森本先生も来て下さり、二人で平謝りに謝って、すぐに着ていただきましたが、カラーはもう割れていて止まりません。その方は「大丈夫。気にしなくていいですよ」と言って下さいましたが、付き添っておられた奥さんから「あなた！　主人の大事な晴れ舞台をこんなにしてどうしてくれるのよ！」と、こっぴどく怒られました。

ダンスが始まり、「なんとか無事に踊り終わりますように！」と祈る思いで観ていましたが、衣装のドタバタのせいかミスが多くて気の毒でした。演舞の後、何回も何回も謝りました。「前田さん。気にせんでもエエで。僕の実力やから」――その方の温かい言葉と笑顔が今も忘れられません。

このことがあってしばらく仲間内では、私のことを「燕尾の前田」と呼ばれていました。このようにダンスを始めた頃ははずかしくて逃げ出したくなるような失敗談がたくさんありました。

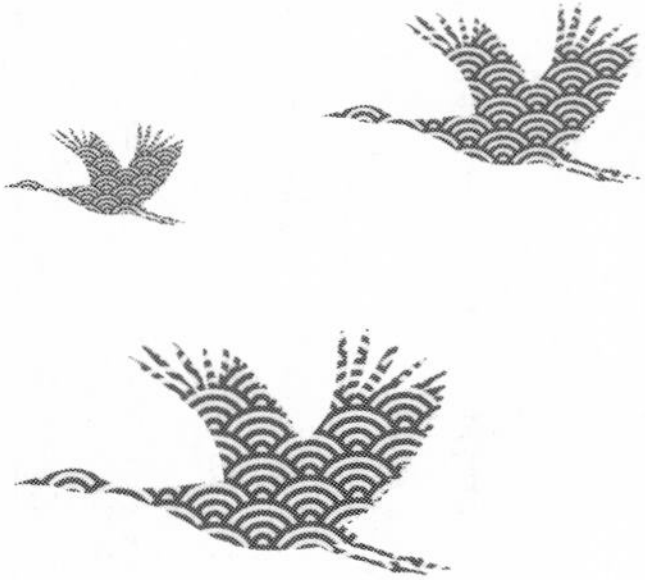

14 挑む（その１）

2019年11月

この秋は二つの大型台風が襲来して各地に甚大な被害をもたらし、多数の犠牲者が出る大惨事となりましたが、皆様ご自身やご縁戚は被害に遭われなかったでしょうか。お見舞い申し上げます。南北に３０００㎞という長い弧を描く日本列島は、南の海上で発生した台風が勢力を増して北上してくる先に防波堤のようにあるということで、ことに近年は毎年脅威にさらされます。大自然の猛威の前に人間の非力を思い知らされ、ただ無事を祈るばかりです。

さて、皆様との心の架け橋に、と願って毎月お届けしている『折節の記』。趣味が高じて人生そのものとなった私のダンス遍歴ですが、たくさんの失敗にもめげず、練習はほぼ毎日、一日四～五時間しておりました。合間にはパーティーで踊ったり、アマチュアの競技会に出場したりしました。長女をパートナーに競技会に出たこともあります（彼女は今、プロダンサーになり、ダンス教室を経営しています）。そのような仕事とダンスに明け暮れる日々の中で、ダンスを始めてちょうど十年目の時に、私のダンス人生に大きな変化を及ぼす出来事がありました。

私のパートナーは曽静さんという方ですが、その日いつも通り練習を終えて着替えをしていると、「お父さん！　ちょっと来て」と曽さんが呼びます。「お父さん」と呼ばれたのにはわけがあります。娘の真理子と一緒にダンス教室に通ったり競技会に出ていると、皆から「真理ちゃんのお父さん」と呼ばれるようになり、そのうちに「お父さん」になったというわけです。

「何かあったん？」と曽さんに聞きますと、「これを見て！」と一枚のポスターを私の目の前に広げました。見ると女性をアクロバットのように持ち上げたり、回したりしている写真が大きく出ています。世界チャンピオンのビクター＆ハンナのエキシビション（模範演技）で、ビクターがハンナをダイナミックに片手で持ち上げているリフトの写真を使ったポスターでした。

曽さんは嬉しそうにポスターと私を見比べながら、「お父さんなら出来る、これをやろう」と言うのです。ビクターの役回りと言われて私は嬉しく思う反面、誰にでも出来る技ではないだけに戸惑いました。35才の頃には好きな水泳のため、5年間ほどウエイトトレーニングをしたこともあり、私は「30年前ならできたと思うけどなあ」と苦笑いしながら答えました。当時私は64才でした。

それから数日後のことです。社交ダンスにはモダンとラテンの二種があり、私は日本を代表するダンサーで、世界から「東洋の真珠」とまで評価されていた山本英美先生にラテンダンスを習っていました。その山本英美先生に曽さんの話をしたのです。すると「まあ、無理やろな」と言われると思いきや、即座に「そうや！　お父さんなら出来る。私もしたかったんや！　やろ！　やろ！」と言われました。そして「ちょうど一年後に今日本で一番大きなイベント、〝アジアオープン〟が日本武道館で行われる。そこでリフトのダンスを踊ろ」と大のり気です。

こうして、当人の戸惑いをよそに、まるで夕飯のメニューを決めるように、いとも簡単に決まったのです。

ダンスパーティーでプロが踊るリフトらしい演技を取り入れたダンスを見たことはありましたが、もちろん自分もやってみようと思ったことは一度もありませんでした。ましてや、パートナーを肩から上に高々と上げるリフトなんてプロの社交ダンスでも見たことがありません。それをやろうと言うのです。

持ち前の負けん気を出して家の近くのジムに通い、ウエイトトレーニングを始める一方で、激しいレッスンが始まりました。しかし、そんなに簡単にできる技ではありません。タイミングというか、コツがつかめないためパートナーの体がまったく上がらないのです。一カ月たっても二カ月が過ぎてもできません。山本先生もさすがに心配し、クラシックバレエのコーチを招いて指導も受けましたが、それでも出来ません。

四カ月たっても出来ないので他の先生から「もうあきらめよか。リフトなしのラテンダンスで踊るより仕方ないやろ」とまで言われる始末です。その時、あきらめきれない山本先生が「お父さん、一度反対の向きで上げてみよう」と言ったのです。そしたら、なんと上がりました！　高々と山本先生の体が宙に浮いたのです。日本武道館では両手で持ち上げる他、片手で宙に浮かせるなど合計七種類のリフトが組まれています。それらをようやくこなせるようになり、なんとか観客の前で披露できるまでに仕上がったのは日本武道館の特設ステージに立つ二カ月前でした。

15 挑む（その2）

2019年12月

令和元年もはや残すところ一カ月となりました。普段はおっとり、悠然としている師僧（お坊さん）が走り回るほど忙しくなる、が語源とされる師走です。過ぎてみればあっという間の一年。そんな感想をお持ちの方も多いのではないでしょうか。それでも間違いなく365日という時間が流れ、去ろうとしています。いろんなことがあり、悲喜交々の一年であったかと思います。「禍福は糾える縄の如し」。古人は透徹した眼差しで日々の無常を見ていました。「過去と他人は変えられないが、未来と自分は変えられる」――来る年に向かって、そんな言葉もふさわしいような気がします。

私自身も趣味の社交ダンスで未来と自分を変えることにチャレンジし、新しい自分は及びもつかない未来を切り拓くことが出来ました。56才の時、社交ダンスを始めたのですが夢中になり、やがて人様の前で披露するようになり、そしてとうとう日本武道館の「アジアオープン」という大舞台でリフトという、片手でパートナーの女性を持ち上げる超難度の演技に挑戦するまでになったことを前号でお話ししました。

それからというもの、本番に向けて体を鍛えながらダンスの練習に打ち込む日が続きました。そして、その日がやってきました。いよいよ日本武道館です。今から六年前の65才の時のことです。一万人の観客を収容する日本武道館に世界や日本を代表するダンサーが集う檜舞台で私と山本英美先生が一組で踊るのです。それも大きなリフトを七回も入れたダンスを。もちろん日本武道館で踊るのも初めてのことです。

緊張の極致でした。でも踊れたのです。踊り終えた時の拍手・喝采はまるで嵐のようでした。日本のプロ、さらには世界のトッププロダンサーが私のところに来て祝福までしてくれたのです。後で知り合いのプロダンサーから、「今までのアジアオープンでこれほどの拍手・喝采は初めて」とまで聞きました。

64才という若くない身体でありながら、週に三回ほどジムに通い、１００kgのバーベルを持ち上げ、ほぼ毎日ダンスの練習。もちろん仕事をしながらですから、かなりハードな日々でしたが、その頑張りの一年間が報われたのです。そして、日本武道館を拍手と喝采で揺るがせたこのダイナミックなリフトを取り入れたダンスは、その後の私のダンス人生に大きな変化をもたらすこととなったのです。

「アジア・オープン」の終了後、夜のレセプションに参加しました。その時のことです。本場イギリスから招待されて来たマーカスと日本のダンサーを代表する田中英和先生が、私と山本英美先生に近寄って来られたのです。そして「今日の先ほどの踊りは素晴らしかった。今年5月に行われるブラックプールに招待するので、踊りませんか?」と言われたのです。二人は社交ダンスの聖地であるイギリス・ブラックプールで年一回行われる英国選手権の役員なのです。

「百年以上の歴史があるブラックプールにおける英国選手権で初めての企画で

す。今年は世界各国から十組を選抜し、一組ずつ踊ってもらうことに決まったのです。日本代表としてどうですか？」とのこと。ブラックプールでは過去、世界チャンピオンですら一組で踊ることはほとんどなく、初めての試みとして行うということです。英美先生はブラックプールのことはもちろん知っています。ブラックプールの素晴らしさ、偉大さ、怖さを。それだけに「お父さん！　ブラックプールで踊れと言うのやで！」と信じられないような顔つきで興奮していました。

16 挑む（その3）

2020年1月

謹賀新年

令和二年が皆様にとってお健やかな、幸せ多い年でありますよう心よりお祈り申し上げます。昨年に引き続き、私の趣味である社交ダンスのお話をしたいと思います。

皆様はブラックプールをご存じでしょうか？　ブラックプールとは、「社交ダンスの聖地」と言われ、世界のダンサーの憧れの場所であり、プロダンサーである私の娘も毎年挑戦しています。そのレベルは非常に高く、日本のダンサーは、決勝はおろか、準決勝も、準々決勝にもなかなか進むことができません。その世界最高峰の競技会では競技の期間中にショータイムがあります。そのショーに、なんと私に出演のオファーが来たのです。日本武道館のアジアオープンでの私と山本英美先生のダンスを観たブラックプールの大会関係者から、二人の踊りを聖地で披露してほしいと言われたのです。

私もブラックプールのことは話にはよく聞いていました。でも、もちろん行ったことも見たこともありません。英美先生は現役当時に何回もチャレンジしていますから、その素晴らしさや怖さを知り尽くしています。「お父さん！ ブラックプールで踊れと言うのやで！」と信じられないような顔つきで興奮する英美先生。私の方は「盲蛇《めくら》に怖じず」で「凄いことなんやなあ！」と思ったぐらいでした。話を聞いた娘も「お父さん大丈夫？ 私なんか予選で二十組で踊っていても緊張するくらいなのに、一組で踊れるの？」と言います。でもそのブラックプールでの踊りが現実になったのです。

アジアオープンの三カ月後、5月に行われる世界大会で踊ることになり、練習が始まりました。私よりも英美先生の方が入れ込んでいるようでした。そしていよいよその5月になり、イギリスに向けて出発しました。

ブラックプールは、イギリス北部の小さな港町で、競技会が行われる会場は、ウィンターガーデンという建物です。初めて見たウィンターガーデンの大きさに驚き、中に入った時、さらにびっくりしました。観客席は何千人も入れるぐらい大きく、内装も素晴らしいものです。またフロアーも見たこともない広さです。さらにびっくりしたのは、すでに初日のラテンの予選が始まっていて、その広いフロアーに二十組ほどが踊っているのですが……。凄い踊りなのです。

その年の日本のダンサーは最高成績で五十五位でしたから、予選とは言え日本のチャンピオンが二十組で踊っているようなものです。ウィンターガーデンの想像を超えた素晴らしい建物、その中の凄い設備、さらには世界的なダンサーの踊りを観て、「えらいところに来たなあ！　いや来てしまったなあ」と初めて思いました。ここで約一週間、スタンダードとラテンの競技会が開かれ、一日だけあるショータイムで踊る。「英美先生や、娘の言った通りやなあ！　えらいところやなあ！　ここで、一組で踊るのか？」と一挙に不安になってきました。

早速練習が始まりました。すると、「お父さん、世界チャンピオンのミルコや」

とか、「あのダンサーは世界のファイナリストや」と英美先生が教えてくれます。そんな凄いダンサーばかりの中に混じっての練習は喜びなどはなく、大きなプレッシャーでした。

前日の夜。なかなか眠ることができません。「大きなミスをしたり、途中で止まったらどうしよう。娘にも恥をかかすなあ」などと、消極的なことや被害妄想的なことばかりが頭に浮かんできます。このまま眠れずにいたら、明日の踊りはどうなるのや、と不安が頂点に達した頃のことです。誰の声とも分からない声が聞こえたのです。それは「お前はなんで、このイギリス・ブラックプールの小さなホテルのベッドにいるの？」という囁きでした。

17 挑む（その4）

2020年2月

暖冬異変とは言え、南北に長い日本列島にはこの時期、厳寒の中で光の春を待ち望む方も多いことでしょう。どうかご自愛下さいますようお祈り致します。

私を虜にした社交ダンスのお話。前号では〝社交ダンスの聖地〟英国・ブラックプールの競技会に招待されながら、前夜になって緊張と不安のあまり眠れず、もんもんとしている私の耳に「お前はなんで、ここにいるの？」と囁くような声が聞こえてきたところまでをお話ししました。

「ああそうやった！」と私は小さく叫びました。「ブラックプールに来られたのは、自分の力ではないやないか！」。振り返ってみればリフトダンスも自分でやろうとして始めたことではない。パートナーのアドバイスがなかったらやっていないだろう。今の教室に通い、山本英美先生のご指導がなければ出来なかっただろう。また、日本武道館でのアジアオープンで初めて披露したリフトが、ブラックプールの大会関係者の目に留まり、思いがけず招待された。加えてたまたま今年のブラックプールでは一組で踊るショータイムが企画されていたこと。考えてみれば、運命の糸が次々に結ばれるようにして、ここにたどりついている。ここに来られたのは自分の力でない、望んで来られるものでもない、連れて来てもらったのや。そうであれば、明日の演技の結果は〝神のみぞ知る〟で、自分があれこれ心配するところではない。「自分のやること、やれることは、全身全霊を傾けて踊ること、それだけや！」。そう思えたとき、気持ちが穏やかになり、朝まで眠ることができました。

当日朝のリハーサルも本番のつもりで気持ちを込めて踊りました。練習を重ねた普段通りの演技ができたことで夜の本番まで落ち着いた気持ちで過ごすことが出来ました。そして、夜になり、いよいよです。

本番前、舞台の袖で、このような世界最大、最高の舞台で踊れることに対して、健康を与えられていること、また四人の子供達が元気なこと、仕事もまずまず順調で、こうしてダンスができることへの感謝の祈りを捧げました。そして「全身全霊を傾け、65年間の我が人生を四分間の踊りの中で表現できたら、何も思い残すことはない」と思い、出番を待ちました。「お父さん！　行くで」と英美先生の声です。直前までの緊張が嘘のようになくなりました。すっとモヤが晴れるように舞台の全容が見え、立つ位置まで進んでいけました。そして音楽の始まりを研ぎ澄まされたような、集中した気持ちで待つことができました。

ざわめいていた会場が一瞬静寂に包まれ、美しい音楽の調べに合わせて踊りが始まりました。振りつけの中に組まれたリフトは全部で七回です。最初のリフトで英美先生の体が宙に舞い上がると大きな拍手に包まれ、一つ一つのリフトを行うたびに凄い歓声が湧き上がります。クライマックスとなる大きなリフトを成功させた時の歓声は、さすがの大音量の音楽がかき消されるほどでした。そしてエンディングの七回目のリフトの時には大歓声と共に、なんと客席が総立ちになってスタンディングオベーションが始まったのです。考えられない、信じられないような凄いことが起きてしまったのです。「お父さん！　お礼に回るのや！」と横で英美先生が叫んでいます。広いフロアーを、拍手を下さっている観客の皆さんに深々とお礼をして回りました。もちろんこのようなことも初めてです。控室に戻ると、そこも大変な騒ぎになっていました。日本のダンス協会の役員や著名ダンサー、外国の役員、元世界チャンピオンなどなど、錚々たる人達が詰め掛け、祝福してくれたのです。賛美の嵐です。

　こうして私のブラックプールでの踊りは大成功、と言っただけでは収まらない、とんでもない結果をもたらすこととなったのです。

18 出合い（その1）

2020年3月

新型コロナウイルスが世界中に蔓延し、大変な騒動になっています。やはり持病のある方や、高齢者で体力の減衰している方が感染しやすく、また重篤になるようです。その意味では免疫力の強化が何より大切。菊芋には免疫力を高める効用もあります。そこで私と菊芋との出合いについてお話ししようと思います。

趣味の社交ダンスで、思いがけず本場・英国のブラックプールに招かれ、難度の高いリフトの踊りを披露して大喝采を浴びました。そのことはその後の私の人生に大きな転換をもたらしました。ブラックプールという〝社交ダンスの聖地〟で自分でも信じられないぐらいのダンスが出来、大歓声をいただき、そしてスタンディングオベーションをもらった後のこと。控室に戻ると、元世界チャンピオンや、ファイナリスト、ダンス界のお歴々が詰め掛けていて、口々に「ローマで踊ってほしい」とか、「いや、まずモスクワで」とか、「世界の都市で踊りませんか」とお声が掛かり、お誘いをいただいたのです。

帰国してからも教室に問い合わせの電話が相次ぎ、本当にどうなったのか、夢かと思ったものです。でも確かに電話は鳴り続けています。そこでパートナーの山本英美先生と相談し、いろいろなオファーの中から取りあえず、ニューヨークで踊ろうということになりました。5月のブラックプールの後の8月のことです。アメリカへ渡りました。

あこがれのニューヨークで、社交ダンスの競技会に招かれて踊ることが出来ました。ただこの時、なんとか踊ることは出来たものの私の体調はすぐれませんでした。ニューヨークについた時から風邪気味だったのです。というのも、関空からアメリカへ向かい、シアトルでニューヨーク行きの国内線に乗り換えたのですが、機内の冷房が効きすぎていて、もの凄く寒かったのです。また宿泊したニューヨークのホテルも冷房が効きすぎでした。

盛夏とはいえ、何故アメリカはこんなに冷房を利かすのか不思議に思いました。一つ考えられるのは、町を行くアメリカ人の多くが肥満体なのです。それも半端じゃない、異常な肥え方なのです。これほど太っていたら体も熱を持って熱いだろう、だから飛行機とかレストランとか、ホテルとか、人が集まるところの冷房は思いきり強にしているのではないかと思いました。

そんなわけで五日間ほどのアメリカ滞在中、ずっと風邪がひどく、日本に帰ってきてからもなかなか治まりませんでした。一向に良くならず衰弱する一方で、夜も熟睡できなくなり、ダンスどころか日々の生活も辛い状態になっていったのです。

56才という年齢からダンスを始めてその魅力に取りつかれ、何事にも集中する生来の凝り性もあって、一日に五~六時間練習をする。さらには64才からジムに通い、80kgぐらいの器具を使ってのトレーニング。そうした激しい運動をやり過ぎたために疲労が溜まり、身体が衰弱していたのかもしれません。

そのような頃でした。伊勢志摩の私の友人から、菊芋を勧められたのです。

「糖尿病で、いろいろな治療を受けてきたけれど良くならず、将来を心配している時にこの菊芋に出合った。僕はこの菊芋で助かった。騙されたと思って飲んでみな！」と何度も何度も言うのです。菊芋というものをその時に初めて知ったのですが、友人がそこまで言うのですから、試しに飲んでみました。

飲み始めて一週間ほどたった時のことです。よく眠れるようになってきたのです。そのうち風邪も治り、体調も回復し、さらには風邪をひく前よりも筋力がアップしているのが分かりました。「この菊芋は凄いものやなあ！」と思い、社員を始め多くの方に勧めて飲んでもらいました。すると、便通が良くなったとか、よく眠れるようになったとか、皆さんからいろいろな喜びの声が返ってきたのです。血糖値の改善については友人から詳しく聞いています。卒然として私にひらめくものがありました。「そうか！　この菊芋をさらに研究して喜びの輪を広げていこう！」と。

19 出合い（その2）

2020年4月

新型コロナウイルスの感染が拡大し、世界を震撼させています。連日トップニュースで報じられ、感染者が日々増加しています。しかし、楽観はもちろん禁物ですが、マインドが冷え込むと人間は免疫力が低下すると言われます。希望を持って前向きに生きる。そんな思考や精神が求められているのではないでしょうか。私もかつて得体のしれない体調不良に悩まされましたが菊芋と出合い、健康体を取り戻しました。そのいきさつについてお話を進めたいと思います。

友人からもらった白い粉末。その正体は原産地が北アメリカで、開拓者時代にアメリカからヨーロッパに伝わり、特にドイツで良質な栽培方法が確立されたキク科の多年草・菊芋であることが分かりました。キク科と聞いて私の頭に一番に浮かんだのは強い生命力でした。秋になれば我が家の庭に何の手入れもしていないのに美しい菊の花が咲き乱れます。そのようにもともと強い生命力を持つキク科の植物を、健康に役立つ良質な作物にするために、長年研究を重ね、改良を重ねた結果、高い栄養価を持つ食品を実現。その栽培法が確立されてきました。

例えば隔年栽培。菊芋は強い生命力を保つため養分を吸収する力も半端ではありません。そこで、土地の栄養価・地力を復元させるため、栽培し、収穫した後、次の一年は休耕します。又、肥料も干し草、堆肥など完全有機肥料のみを採用しています。友人から無理やり勧められた菊芋は、幸いにもこのドイツ産の菊芋を原料にしたサプリメントだったのです。

「これはいい、これを世の中に広めよう!」と直感した私は早速、菊芋の力を科学的に分析してもらうことにしました。私が自分の体を使ってその効用を確認したのですから、本来ならこれに勝るエビデンス(科学的根拠)はありません。でも、私がいかに声を大にして菊芋の効用を訴えたところでその声の届く範囲は限られています。そこでより多くの人のエビデンスを実証してもらうため、権威のあるしかるべき機関に多くの被験者のデータを収集していただこうと大阪大学先端科学イノベーションセンターの近藤教官を訪ね、臨床研究をお願いしました。そして十一人の糖尿病の方に、三カ月間朝昼晩と飲んでいただいたのです。結果、血糖値、ヘモグロビンＡ１ｃの数値に素晴らしい変化が現われました。友人の言っていた「僕の糖尿病が改善した」という言葉が事実である、とハッキリとデータで証明されたのです。そして血糖値低下がドイツ産菊芋に特に豊富に含まれる「イヌリン」という物質の作用であることも分かりました。

ドイツ産菊芋の効用はそれだけではありません。私自身の体調改善に見られたように、食生活習慣改善への幅広い効用が期待されるのです。日本は世界でも有数の長寿国となりました。健康長寿であれば言うことがないのですが、残念ながら寝たきり長寿の人が少なくありません。さらに今は日本人の死亡三大原因は「悪性新生物（がん）」「心臓疾患」「脳血管疾患」で、いずれも血と血管に関する病気です。

がんは生活習慣病と言われています。第二次世界大戦の敗戦後、日本人の食生活は世界に類を見ないぐらい大きく変化しました。雑穀、麦の混じったお米や、納豆、漬け物、みそなどの発酵食品、魚はイワシ、サバ、サンマなどの青魚が多く、海藻類や野菜中心の食事から、多くの肉、ハム、ソーセージなど、肉や肉の加工製品が中心になり、パン、バター、チーズなどの乳製品、油も多く使った食品を多食する食生活に変わりました。また保存の効く加工食品や出来合いの食品を多用する結果、塩分や糖分の過食に加え、農薬、化学調味料、防腐剤、着色料などの不自然な異物が体内に入っています。

また、運動不足も深刻です。便利な家電製品が登場して家事がラクになった反面、慢性的な運動不足になり、さらに核家族化が進み、近所付き合いがなくなり、人と人との交流が減ってきて、孤独感を持つことによるストレスが増えてきています。食事の変化、運動不足、ストレス、それから来る睡眠不足。人は自然と共に生かされているはずなのに、現代人はずいぶんと不自然な生活を繰り返し、その結果として生活習慣病と言われる厄介な病気を抱え込んでしまったのです。

20　出合い（その3）

2020年5月

新型コロナウイルスの感染拡大に伴い、全国に緊急事態宣言が出され、人々の往来を厳しく制限する方針が示されました。目に見えない、そして感染しても八割の方が軽症、もしくは無症状とあってはどこにウイルスが潜んでいるかまったく分かりません。このような状況下で感染を防ぐには、とにかく人の往来を少なくし、接触を減らすしか手はありません。ところで感染者が無症状だったり、あるいは重篤になったり、その差はどこから来るのでしょうか。高齢者や基礎疾患のある方は要注意とされていますが、中には濃厚接触しても感染しない人もいます。その最大の分かれ目は、免疫力の強弱にあると考えられます。そして強弱の秘密は毎日の食生活にあると私は信じて疑いません。

私の妻は27年前、進行性のがんと診断され、元気そのものであったにもかかわらず、手術をしてもほとんど寛解の可能性がなく、余命数カ月という宣告を受けました。それまで妻が不調を訴えることはありませんでした。当時、朝早くから夜遅くまで仕事に夢中だった私の体を気遣い、一緒に健康診断を受けようと誘われたのです。結果は私はなんでもなくて、妻にがんが見つかったのです。それからは本当に想像を絶する経験をしました。

それまでは現代医学を信頼し、頼ってもおりました。しかし病院から治療の効果がほとんどないと宣告されたことで、現代医学の限界を思い知らされ、藁にもすがる思いで食事療法や鍼治療の自然医学に一縷の望みを託したのです。結果的に妻は、その後7年間も普通の生活を送ったわけですが、その間に妻のためにと勉強したことが、今の私の健康に大いに役立っています。言わば妻が自分の生命に代えて私に健康になる術を教えてくれたのです。

その健康法とは、一言で言いますと「血の流れを良くする」ということです。そのためには、良い食事、適度な運動、良い睡眠が極めて大切になります。この中で良い食事とはどういうものでしょうか。それは私達の先祖、日本人が昔から食べてきた食物を中心にした食生活、ということです。雑穀、麦、玄米、七分つきのお米、みそ、納豆、豆腐、わかめ、漬け物、小魚、しいたけなどなど、日本古来の食物には世界に誇れる素晴らしいものがあり、長い間日本人はそのような食物を中心にした食生活を続けてきました。

偏らず、なんでも食べるのが理想的な食事とよく言われますが、自然医学では必ずしもそのようには考えません。特に糖質や脂質の摂り過ぎは、血行不良を引き起こす大きな要因で、生活習慣病の原因とされています。本来サラサラの血液がドロドロになり、粘っこくなって全身に張り巡らされた毛細血管、髪の毛の百分の一と言われる細い細い毛細血管を通りにくくなる。つまり、血の流れが悪くなって大切な酸素や栄養素が体の隅々まで運ばれなくなることが、現代病を引き起こす根本原因とされているのです。

そしてまた、細胞に酸素や栄養素が行き渡らなくなれば、体の抵抗力が衰え、免疫力が低下することは自明です。加えて前章でも触れた運動不足があります。

私の若い頃は男性も肉体労働だったり、頭脳労働者でも通勤や仕事に自転車を使ったりして身体を動かしたものです。子供もそうです。以前は海や川や山が遊び場で、走ったり、泳いだりと身体を使い、自然に鍛えられていました。しかし今や、多くの子供たちは外で遊ばず、塾に通い、ピアノなどの習い事、そしてゲームと、ほとんど身体を使わない生活になっています。

こうした現代人の生活習慣が厄介な現代病を引き起こしているのです。良い食事、適度な運動、良い睡眠が極めて大切なのに、そのどれも満足に出来ていない。ですが今さら60年前に戻れと言うのは難しいですし、実際不可能です。現代の便利な生活に慣れた私達は、体内に入ってくる悪い物質を外に出し、食生活で不足しがちの栄養素を意識的に補うことによって、健康維持や免疫力を強化するしかないと言わざるをえません。菊芋との出合いはそんな私の思いをより一層深く、確実にしてくれたのです。

21 生

2020年6月

「生とは神の我を労するなり。死とは神のすなわち我を安んずるなり」――幕末の風雲児・高杉晋作の言葉です。生きるとは神様が私に頑張って働け、ということであり、死ぬとは神様が私に「これまでご苦労様」と永遠の休息を与えてくれること、の意でしょうか。

私は今年11月で73才になります。私の同級生や周囲の同年配の人達の中には、今まで頑張ってきた、これからはゆっくりと、のんびりと好きなことをしよう、と言って老後を送っている人が数多くいます。しかし、私はまったく逆であります。年齢に関係なく、旺盛な好奇心を持ち、何事にもチャレンジしたいと思う。その気持ちは衰えることがありません。何故そんなに元気で、かつ意欲も衰えないのかと周囲からも言われますし、自分でも何故他の人よりこんなに意欲的なのかと自問自答することがあります。

若い頃は失敗の連続でした。ほとんどが自分の至らなさが原因でしたが、そのためでしょうか。何かを成したい、という思いが消えたり少なくなったりすることがないのです。また、形見のように思っている「もうええわ」という、父が死の直前に言った言葉。自分の人生は楽しかったし、やりきった、思い残すことは何もない、「もういつ死んでもいい」という言葉も、私に大きな影響を与えています。

自分で成したい、と思ったことを成し遂げたい、今のままでは死にたくない、死ぬ時には父と同じような気持ちで死にたい。そのためには自分のこれからの人生をどう歩んでいくのか、ということを考えるのです。この気持ちが、日々迷ったり、岐路に立たされて判断をしなければいけない時の決断する基準となっています。将来後悔しないために、このことはどうするのかと。幸い、日頃から病院に行かず、自分で健康に気をつけた生活を送っているためか、周囲の人も驚くほど、頑丈な身体です。この頑健な身体も、将来に向けて目標を持ち続けていける要因と思っています。古希を過ぎてなお、醍醐味のある日々を過ごせるのは幸せです。

社会的な信用、知人友人の幅や層の厚さ、資金面などにおいて、若い時には持ちえなかったものが年齢を重ね、経験を重ねることで得られます。加齢によって失っていくのは健康です。その健康を高齢になっても維持することが出来れば、人生をより一層深く、意義のあるものにすることが出来ると信じて疑いません。過去を静かに顧みれば、これまでの人生の失敗や、うまくいかなかったことの原因や責任のほとんどが自分にあります。その一方で、有難いことや素晴らしいと思えることは、自分の力ではなくて、ほとんどが他の力によって与えられて来たことに気づくのです。

例えば私の健康も、妻が若くしてがんになったことで、妻のためにと思って勉強し、実践したことが今の私の健康に大きく寄与しています。趣味の社交ダンスも自分でやりたいと思って始めたのではなく、当時引きこもりがちだった息子に良かれと思い、一緒に行ったから。また、多くの方から称賛されている大きなリフトを取り入れたダンスも、自分の発案ではなくパートナーの提案で実現したものです。師事していた先生の賛同を得てチャレンジし、結果的にブラックプールという世界最高の舞台で披露することが出来、スタンディングオベーションまでいただいた。また、今や私の健康維持に不可欠の、そして「医食同源」の信念の下、皆様にお勧めしている菊芋との出合いも、元はと言えばたまたま体調を崩した時に友人から勧められたものです。

来し方を振り返れば人生の節目、節目で大事なものを与えられ、また困難を極めた時には、ぎりぎりの局面で目に見えない力に助けられてきました。今までの人生は辛いことが多かったですし、もちろん今も辛いことは多くあります。でも、日々、何事にも感謝の気持ちを持ちたいと思っています。世の中にはアフガニスタンの貧しい人々のために尽くされた中村哲さんのように、他人を思い、他人の幸せのために尽力されている方がおられます。そのような素晴らしい方々には及びもしませんが、少しでも社会の役に立てるように、神様からお休みをいただくその日まで、頑張って生きることが出来ればと思っています。

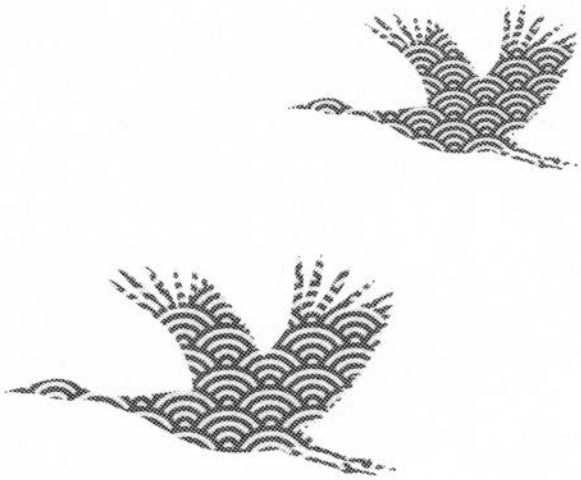

22 不易

2020年7月

感染症の世界的流行（パンデミック）は世界を一変すると言います。私事で恐縮ですが、私の一日の行動も大きく変化しました。以前は、仕事が終わると、ダンスの練習やジムでのウエイトトレーニングで汗を流し、寝る前には風呂に入ってマッサージを受けて身体をケアするという毎日でした。

それが、この度のコロナ禍によるジムの閉鎖でトレーニングは出来なくなり、濃厚接触そのもののダンスなど論外で練習もままならず、行動パターンや生活のリズムが一変し、一人でいる時間が増えました。そのおかげで本に親しむようになりました。親鸞聖人の『歎異抄』や、弟子に宛てた手紙などを収めた著作などを読み返し、いろいろと考えさせられたり、来し方を思い返したりしています。

読書と共にハマっているのが映画鑑賞です。DVDで『ヒトラー最期の12日間』『復讐するは我にあり』とか、『破戒』『11・25 自決の日 三島由紀夫と若者たち』といった話題作や問題作、あるいは往年の名画を観て感動を新たにしています。ドキュメント映画は観終わった後も、いろいろと考えさせられてよく眠れないこともありますが、観終わった後のスッキリ感で気に入っているのが山本周五郎原作の映画です。

周五郎が描く主人公の多くは誠実で、親思いで、責任感が強く、真面目ひと筋、というような名もなき庶民です。誠実や真面目が過ぎてバカにされたり、バカを見たり、騙されたり、損をしたりと、辛く悲しい場面がこれでもかと続くのですが、最後はそれまでの苦労が報われるというストーリーで、何か救われる思いがします。胸が熱くなり、時には涙が出そうになり、観終わった後、心が洗われたようにすがすがしい気持ちになれるのです。

山本周五郎の作品に描かれる江戸時代と今では、生活環境がまるで違いますが、そこに生きた人々と心を通わせることが出来る。生き方や考え方に共感を覚えるのは、人の心は本質的にそれほど変わらないということでしょうか。私の若い頃（昭和22年生まれのいわゆる団塊の世代）と今とでは、時代背景は大きく違います。半世紀ほどの年代差でも気持ちの有り様に相当のギャップを感じます。まして江戸時代ともなればほとんど隔絶していて別の人種のように感じても不思議ではありません。それでも作家の感性を通してではありますが、当時の人々と喜怒哀楽を同じくすることが出来るのです。

先の大戦後、日本は激動しました。人の心も大きく変わったと言われます。かつては「責任感を持ち、真面目に」「他人を思いやる」「嘘をつかない」「ごまかさない」。このような人物が立派な人間とされ、そういう人を世間は「いい人」「まっとうな人」として称えました。でも、現代ではそのような人はあまり評価されず、場合によってはバカにされる。そんな世の中の風潮になっています。強烈な個性や、自己主張の強さで実力以上に能力を誇示し、人を蹴落としてでも我が道を行く。そんな人や考え方が競争、競争の市場原理主義の中で幅を利かしているようです。もちろん、今より昔が良かったなどと言うつもりは毛頭ありません。ただ、人の気持ちや精神という面から見ますと、昔の人の方が人間らしいというか、親や、兄弟や友人や他人を思いやる心情が厚く、いわゆる〝ボロは着ても心は錦〟というような精神が健在だったような気がします。

変わったように見えるのは表層だけで人間の本性は変わらない、とするなら、現代人はあるいは大切な何かを見失っているのかもしれません。それは「不易流行」と言い、世の中には変わるものと変わらざるものがある、とされますが、移ろいやすいのは流行という上っ面で、人間の本質は不易なのかもしれません。私の人生はあと何年あるのか私には分かりませんが、不易なるものに思いを致しつつ、生かされた命を全うしたいと願っています。それにはまず健康であります。「雨ニモ負ケズ　風ニモ負ケズ　雪ニモ夏ノ暑サニモ負ケヌ　丈夫ナ体ヲ持」って一人でも多くの方と共に喜び合えるように、「医食同源」の理念の下、心の琴線に触れるような人生を送りたいと思っています。決しておごらず、自分の至らなさを自覚し、目に見えない大きな力にゆだね、感謝する気持ちを大切にしながら日々精進したいと思っています。

23 トマト

2020年8月

盛夏の候、皆様にはお変わりなくお過ごしのことと存じます。

先日、トマトを食べました。昔食べたトマトです。形は少し悪いが味の濃い、匂いの強い、60年か65年前に食べたトマトの味です。おいしかったです。太陽の光をいっぱいに受け、化学肥料を使わない土壌で、昔ながらの栽培法で育てられたトマトなのでしょう。昨今では、このようなトマトはほとんど食べることが出来なくなりました。八百屋やスーパーはもちろん、デパートやレストランに行っても食べられません。今の若い人が食べたら、あるいは「これはトマトと違う」と言うかもしれませんね。

考えてみればトマトだけではなく、胡瓜も茄子もキャベツも他の野菜も、昔食べた野菜の味とはずいぶん違います。ぬか漬けも、ぬか床の問題ではなく、使われる材料の問題で、今はもう昔の胡瓜や茄子のぬか漬けの味は忘れられてしまいました。このことは野菜だけに留まらず、他の食品にも同じことが言えます。

もちろん今は、六十数年前の私が子供の頃とは嗜好性も味覚もずいぶんと違うでしょう。当時は戦後のことで食べるもの自体が今とは比較にならない貧しさで、何を食べてもおいしく感じたことはあるでしょう。しかし生産性の向上を目指し、より多くの利益を上げるために、農家では農薬や化学肥料が、工場では着色料や防腐剤などの化学薬品がほとんどの食品に使われるようになりました。それにより形はいいけれど、味が本来のものと違う、個性のあまり感じられない野菜が増えました。本来の味が損なわれただけでなく、残留農薬など身体に良くない食品が増えています。確かに農業の生産性は向上し、昔のように飢饉で多くの人が餓死するといった悲惨な出来事はなくなりました。

繁栄を求めていくこと自体は素晴らしいことだと思います。しかし近年、その繁栄の追求の仕方が、あまりにも自己中心的で、我が国さえ良ければ良い、我が会社さえ良ければ良い、我が家族さえ、さらには我が身さえ良ければ、という風潮がますます強く、露骨になり、さらにはそれを特徴としてアピールすることで評価されるという、信じられない側面さえ出てくるようになってきました。

最近毎年のように起きる異常気象による自然災害も、人間がますます傲慢になり、己のことしか考えず、自然を冒瀆してきた結果のような気がしてなりません。また、何よりも大切な私たちの健康にしても、太陽の恵みやきれいな水、糞尿などを肥料に使った自然農法、有機農法によって出来た食品を口にすることは少なくなりました。代わって、より早く、より多く、より見た目を良くするために遺伝子を操作し、化学物質を使った不自然な食品が流通しています。そのような食品を常食する現代人に、現代病とされる生活習慣病が増えていくのは当然とも言えます。

豊かな社会を求めつつ、わずか二十数名の資産家の資産が、全人類の資産に匹敵すると言われるぐらい、富の偏り、集中が進んでいます。資本主義経済のひずみでしょうか。マイナスの面が際立っているように思います。自由の名の下に個人主義と利己主義が倒錯する中で、一部の人が利益を上げることに熱中し、他国や他人の生活、経済、健康よりも、己の繁栄ばかりを考えるような人間の社会が、果たして豊かな、幸せな社会と言えるでしょうか。

自然と共に生き、自然の恵みに感謝した昔の人はまた、自然を恐れ、自然を崇めました。人間もまた自然の一員であり、生かされているとの自覚を持って謙虚に生きた昔の人の方が、現代人よりもはるかに人間らしく、日々穏やかに、安心感、安全感、落ち着きの心、感謝の心を持って生きていたように思います。

どこにも売られていない本物のトマト。思いがけず、子供の頃に食べた本当に匂いの強い、味の濃いトマトをいただいたことで、脳裏に往年の懐かしい思い出が蘇り、ついこのようなことを考えさせられました。

24 ツボ

2020年9月

新型コロナウイルスの感染拡大が止まりません。第一波より第二波の方がはるかに感染者数も地域も増えてきています。発生初期の頃は、湿気の多い梅雨になれば、あるいは暑い夏になれば感染は収まるのではないかとも言われていましたが、まったくそのようなことはなく、さらに猛威を振るって来ています。

この新型コロナウイルスの怖さはなんと言っても感染力の強さです。とくに無症状の人、つまり自分は大丈夫と思い込んでいる人が、知らず知らずのうちに他の人にうつしてしまう。そのために以前の人々の生活様式が大きく変化することを余儀なくされてきました。多くの人が集まり集会を開いたり、接近して会話したり議論したりということは難しくなり、皆で食事をしたり、酒を酌み交わすとか、肩を組んだりハグ（抱擁）したりとかはもちろん、握手すらためらわれるようになってきています。さらに人前では常にマスクをつけて接することが求められ、顔の表情も分かりにくくなってきました。

このことは誰しもが直面している、逃れることのできない、まさに現実です。理不尽なこととは言え、現実として受け入れざるをえません。さらに辛いことには皆が実行している、マスクをつける、手を洗う、消毒液を使う、人込みを避けるなどの対策でこの新型ウイルスを克服することができるのかと言えば、なんの保証もありません。

しかも、今の感染拡大防止も大事、同時に経済回復も大事、という方針の下では、早期に感染症をなくすことは残念ながら難しいと思います。待ち望まれているワクチンに関しても、ノーベル賞学者の本庶佑先生も、この新型コロナウイルスのワクチンの開発は非常に難しいと言っています。では私達はどうすれば良いのでしょうか。

自分の身は自分で守ること。私はこのコロナ禍に打ち克つには、自分で気をつけるしかないとも思っています。マスクをつける、手を洗う、うがいをする、消毒液で消毒する、またできるだけ人込みの中には行かない、多人数での会食飲食は避けるといった基本的なルールはもちろん実行します。

それに加えて、あるいはもっと重要なことかもしれませんが、自分の体力を強化することだと思います。同じ環境の中にいても体力のある人とそうでない人では病気に対する抵抗力が違います。体力・気力を充実させて感染しにくい身体を作る。それには適度な運動をする、タバコや酒はやめるか控える、夜更かしはせず良い睡眠を取る、さらに身体に良い食事を心掛ける。このようなことは健康生活を送る上で当たり前の基本的なことですが、コロナ禍の今は特に重要なことではないでしょうか。

私は適度な運動として社交ダンスを趣味にしていますが、残念ながら今は濃厚接触の最たるもので、出来なくなっているため、その代わり自宅と会社の間の片道三十分を歩いて往復したり、週二～三回ジムに行ってトレーニングをしたりしています。タバコは40年前にやめて以来、吸っていません。酒も今年の1月から断酒し、一滴も飲んでいません。また良い睡眠を取るため、夜の十二時までに就寝することと、寝る前に足の裏にある湧泉というツボを左右百回ほどずつ押すようにしています。すりこぎ棒を逆さにしたような、先のとがった木製のツボ押し棒で刺激すると、十二時ぐらいになるとほど良くトロトロと眠たくなってくるのです。たまに夜中に目覚めることもありますが、おおむね八時間ぐらいは熟睡できます。悪い夢もほとんど見なくなりました。皆様もぜひこの「湧泉のツボ健康法※」を実践してみて下さい。睡眠不足だけでなく、足ツボ健康法は古来、さまざまな効果があることが証明されています。毎日コツコツと継続されますと、しばらくして身体の変化を感じられると思います。

湧泉というツボはネットにも出ていますが、左に図で示しました。もし分かりにくければ、当社、オアシスまでお気軽にお電話下さい。ご説明します。良い食事については次章にて詳しく説明します。副作用の心配のない、古来のツボ療法で、この災禍を乗り越えていきましょう。

【足裏のツボ・湧泉（ゆうせん）】

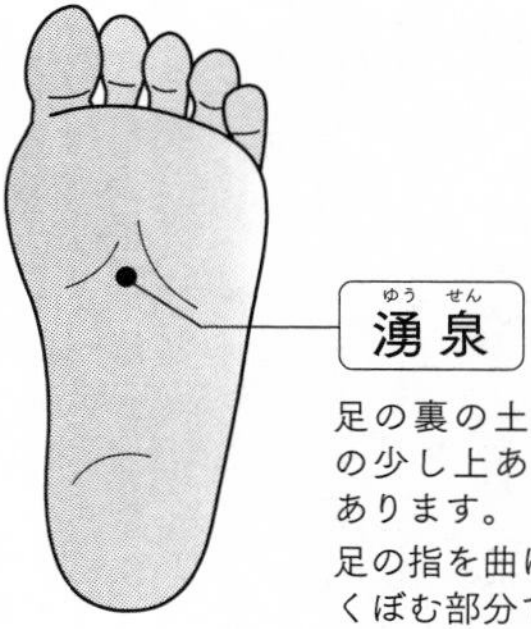

足の裏の土踏まずの少し上あたりにあります。
足の指を曲げると、くぼむ部分です。

25　日本の食

2020年10月

食欲の秋になりました。実りの秋。店頭には山海の幸が並んでいて食欲をそそられます。ところで日本では昭和30年頃を境に食生活が大きく変わりました。タンパク質が、それまでの魚や大豆の加工食品から、牛肉や豚肉などの動物性食品に変わったのです。動物性食品の多食は食の欧米化と言われ、身長など若い人たちの身体の発育という点では大きく貢献しましたが、一方で食生活が原因とされる病気の変化も起きました。そこで今号では良い食事について考えてみます。以前にも簡単にお話ししましたが、少し詳しく私の考えを説明させて下さい。

もう何度も申しますように、私の妻は二十年前に亡くなりました。その七年前の1993年、私の地元の舞鶴の総合病院で、急性悪性進行胃がん（病名：印環細胞がん）と告知されました。その時に医師から言われたのが「この病気は辛いもので、手術をしてもほとんど意味がなく、場合によっては数カ月の余命になる」ということでした。残酷な宣告を受けた後、打ちひしがれた私の姿を見かねた母から一冊の本を手渡されました。食事療法を通じて病気を治す、という自然医学の本でした。藁にもすがる思いで一気に読み終えた私は、その療法を取り入れ妻をサポートすることにしたのです。

結果、余命数カ月とか、この病気で手術をしても二年以上生存している人は世界中にいないと言われた妻が奇跡的に回復。なんと七年間も、それもまったく普通通りの生活を送れたのです。死を覚悟していただけにこの食事療法を中心にした自然医学の、神秘的ともいえるパワーに心より感謝しました。同時に妻をサポートするため、勉強し実践したことが私自身の健康にも大きな力となってくれたのです。

では、当時の妻の食事内容を少し詳しくご紹介します。

まず生命にとって非常に重要な水です。水道水を一切使わないようにしました。

飲み水はもちろん、料理やお茶に使う水はすべて天然水にしました。幸い、自宅から500mぐらい離れたところに、地元でも有名な「真名井の清水」というおいしい天然水が湧き出ていて、毎日くみに行きました。今なら弊社のような天然水もありますが、当時は水道水が主流でしたから有難かったです。

主食は玄米にしました。それも無農薬の玄米です。玄米の胚芽に農薬が残留する可能性があるため、妻のために完全無農薬の玄米を使用しました。副食は魚、野菜を中心に、海藻、椎茸などのきのこ類、納豆、みそ汁、漬け物などを添えました。醤油、塩、出汁はすべて天然素材のものを使い、化学調味料は一切使いませんでした。野菜は人参、大根、ゴボウなど根菜類が中心で、魚もイワシなどの小魚です。主食の玄米以外に毎食必ず食べたのが、納豆、みそ汁、漬け物などの発酵食品でした。

こうした食生活は日本人が昔から続けていたもので、結局、古い食卓を再現したような食事になりました。昔の人は米、麦を始めとする五穀、また野菜も化学肥料ではなく堆肥などの自然の肥料で育て、太陽の光をさんさんと浴びたものを食べていました。それに近いものを妻に食べてもらったのです。ただ、日々の食生活で化学肥料とか着色料、防腐剤を一切使わずすべての食事をまかなうことは困難です。

戦後の栄養学に対して、私は違和感を持っています。好き嫌いをせずいろいろなものを食べることが推奨されています。その通りですが、しかし、世界中で日本人ほど近年食事の内容が変化した民族はいないのではないでしょうか。かつて日本にはなかった、あるいはほとんど食べられなかった外国の美味・珍味を口に出来るのは喜びであることは間違いありません。でも、米や麦を主食に素材の味わいを活かした日本の伝統的な食事から、パン、肉、ハム、ウィンナーなどの肉類、牛乳、チーズ、バターなどの乳製品、何より多量の砂糖、油を使った濃厚な料理。農薬や着色料、防腐剤などの化学物質を使った食品が並ぶ食卓。あまりに大きな変化が、がん患者が今や日本人の二人に一人というますますひどくなる状況の一因ではないでしょうか。

食事療法で妻をがんから助けてもらった私は、昔から日本人が食べていた食品、ことに納豆、みそ、漬け物と言った発酵食品をぜひ、皆様に推奨したいと思っています。また、今後、農薬や化学肥料や化学物質を使わない食べ物が多くなってくることを願っています。

26 自利利他

2020年11月

人生は山あり谷ありでも、無駄なことは一つもないと言われます。今回は私の家に来ていただいている家政婦さんのことをお話ししたいと思います。

数年前より週二日のペースで、掃除、洗濯、料理などの家事の手伝いに来ていただいています。

事業を営む男性と結婚され、結婚後もまずまず順調で、三人の子供にも恵まれ、専業主婦として安定した穏やかな生活をされていました。しかし十年ほど前にご主人の事業がいろいろな状況が重なって破綻。そのショックでご主人が体調を崩し、入院するという不幸に見舞われました。収入は一気に途絶え、借金が雪だるま式に増えるという、それまでの安定した日常から一転して明日がどうなるのかという状態に陥ってしまったのです。

専業主婦で手に職もなく、特別な仕事ができるわけでもないので、頑張って資格を取得し、介護の仕事を始めました。多くの困難を乗り越え、そして借金も毎月返済し、三人の子供も成長させ、今も日々私の家の仕事と介護の仕事を両立されて頑張っておられるのです。

その方は「介護の仕事は、肉体的にも精神的にも、ものすごく疲れます」と言われます。仕事の内容が「担当するほとんどの方のおむつを替えたり、下の世話をしたり、お風呂に入れてあげたりなのです」と聞かされると、それだけで介護の仕事の厳しさがよく理解できます。

私は二十年ほど前に、舞鶴市にある特別養護老人ホームを見学に行ったことがあります。その時見た光景は今も脳裏に焼きついています。もう意思能力をほとんど失くしている人や、ただ死を待つだけの老いた人を、抱えるようにしてお風呂に入れてあげているスタッフの人達。それも二十代前後の若い男女のスタッフなのです。今でもこのような素晴らしい青年がいるのやなあと、びっくりし、感動したものです。

うちの家政婦さんは言います。「本当に介護の仕事は肉体的にも精神的にも辛い仕事です。でも私はこの介護の仕事が好きなのです」と。「いろいろお世話をした後、その方があまりしゃべれなくても、私を見る目に『ありがとう』という感謝の気持ちがあふれているのです。いつも私が来るのを待っていてくれるのです。中にはお世話をさせてもらった翌日に、亡くなられる方もあります。その時に思うのです。きれいに身体を洗ってあげておいて良かったと。私はもし、主人の事業が順調に推移し、ずっと専業主婦でいたとしたら、このような経験はできなかった。他人、それも終末期の人をお世話するということなどなかった。その人達から感謝されることもなかった。そしてこの仕事を与えられ、感謝されることに喜びを感じることができる自分がすごく嬉しいのです。だから介護の仕事が好きなのです」

私はこの話を聞いた時、感激し、何か救われたような気持になりました。また、尊敬の念も湧いてきました。素晴らしい人に家の手伝いに来てもらっています。

私の子供の頃や若い頃は、このような胸にジーンと来るような話が、たくさんあったような気がします。しかし、個人の権利を偏重するあまり、我が身さえ良ければ、の風潮が幅を利かすようになって、最近では思わず涙が出てくるような話をあまり聴かなくなったように思います。

自分や家族がもっとより良い生活が出来るように、収入を増やしたいと仕事を頑張ること、それ自体はもちろん必要だし大切なことなのでしょうが、逆にそのために大事なものを失いかねないことがあるのも事実です。

仏教に「自利利他」という言葉があります。自らが修行して得られた功徳を自分のためだけでなく他の人の救済に尽くすことの意とされますが、仏道の修行だけでなく、私達の仕事においても言えることではないかと思います。自分のため、家族のためにと一所懸命に仕事を頑張る。それ自体は当たり前のことかもしれませんが、実はその後姿を見た子供達への無言の教えになり、ひいては世のため、人のためになって感謝され、結果として自分の精神的な喜びになり、心の充足になる。そういうふうになることが、本当の意味での家族のために働くことであり、頑張ることではないでしょうか。私もこのような気持ちで頑張れたら嬉しいなあと思っています。

27 情愛

2020年12月

先月号では、私の自宅に手伝いに来ていただいている家政婦さんの話をしましたが、その家政婦さんから聞いたお話で考えさせられることがありましたので、今月はその話をさせて下さい。

この家政婦さんには子供さんが三人いて、一番上の男の子はすでに成人して結婚もし、別世帯で生活しています。二番目の女の子は今年から、韓国の大学に通っています。三番目の男の子はまだ高校生です。話は韓国で学ぶ娘さんのことです。この娘さんは、子供の頃から韓国に興味があったそうで、韓国ドラマを観てさらに好きになり、やがては韓国に留学したいと思うようになっていったそうです。でも、家の経済状態などを考え、負担を掛けないようにと、基本的にはアルバイトをして自分の力で韓国留学を実行したと言います。

ところが今春、韓国に渡った早々にコロナ騒動です。アルバイトはおろか、外出することも難しく、ずいぶんと苦労したようです。お母さんは、娘さんを一人で韓国に行かせたことが不安で、心配したそうですが、反面、娘の夢をかなえてやりたいという気持ちがあったと言います。それだけにコロナ禍で娘の困窮した状況を知らされると、たまらない気持ちになり、毎月食べ物とか衣類とかを韓国に送るようになりました。

娘さんの方は母親からの荷物が届くと、その荷物を嬉しそうに開ける様子を携帯で動画に撮り、お母さんのスマホに送ってくるそうです。お母さんは「娘が喜ぶ姿が映った動画を観るのが、今の私の生活の中で最高の幸せです」と言うのです。

この話を聞いて、私の若い頃を思い出しました。私もまた高校を卒業してすぐ、18才の時に東京で生活を始めたのです。そして母が送ってくれた小包（中には食べ物や手紙が入っていた）を開けるときの喜びや、有難いなあという感謝の気持ちで、涙が出そうになったことを50年以上たった今でもはっきりと覚えています。小包が届いた時には、母へ手紙を書いたものです。後になって『明からこんな手紙が来たで』と父に読んで聞かせたこともあったようで、「あの手紙は嬉しかったで」とよく母は言っていました。

現代はライフスタイルが大きく変わり、誰もがスマホを持ち、ラインなどで簡単に、テレビの生中継のように喜びの気持ちを表現したり、伝えたり出来るようになりました。でも、簡単すぎてなんだか少し味気ないような気もします。また、以前は親が離れて暮らす子に送る荷物の中には品物と一緒に目に見えない温もりのようなものが入っていて、子供はそれを親心としてしっかりと受け取り、感謝の気持ちを返す、このような心のふれあいが多くあったように思います。

昔は共稼ぎが少ない一方で、母親の家事は重労働に近く、子供にとって自分達の世話をしてくれる親の苦労が目に見える形で感じることができ、自然に親に対する感謝の気持ちが育まれたように思います。しかし、現代は便利な家電製品の開発、普及で日常生活が快適になり、家事における肉体的負担が考えられないぐらい軽減されました。その結果、子供は親の肉体的苦労を見る機会がなくなり、親がどんなに苦労して育ててくれているか、という実感が沸きにくくなっているのではないでしょうか。

もちろん子供を愛し、子供のためには苦労をいとわないという親心は昔も今も変わらないと思います。特に精神的に子供のことで悩んでいる親はたくさんいるでしょう。しかし子供には肉体的な苦労は分かりやすく、精神的な苦労は目に見えないだけに、愛情を込めて育てても、その思いが伝わりにくいのかもしれません。子供にとって親の愛情を感じ、親に感謝して成長することが出来れば素晴らしいことです。そのようにして育った子供は自分が親になったとき、親が自分にしてくれたように育てよう、どんなに苦労しても子供を愛し、育てたいと思えるようになるのではないのでしょうか。

その点では文化的、経済的に発展し、便利になった現代の子供たちは、「人として親を愛し、感謝する人間に成長」することにハンディがあると言えるかもしれません。ヨーロッパの人々が、長い夏の休暇などを利用し、子供達と一緒に過ごす時間を大切にしているように、我々日本人も子供とのふれあいの時間をもっと増やしていくことを考える必要があるのではないでしょうか。

28 自力

2021年1月

今年もどうぞよろしくお願い申し上げます。

新年にあたり、今までのお正月なら、どんな初夢を見たいかとか、希望に満ちた抱負を考えるとか、一年の計は元旦にあり、として新しい年を迎えた喜び、期待に胸を膨らませたものでした。しかし今年はガラリと様相が変わってしまいました。

私は今年74才になります。昭和22年生まれですので、想像を絶する悲しみや苦しみ、荒廃をもたらした先の大戦を体験しておりません。しかし、有名な寺院や神社に初詣に出掛け、参道で手足をなくした傷痍軍人を見掛けたショックや、伝え聞くところの戦争の悲惨さは記憶に焼きついています。75年たった今、世界中に蔓延している新型コロナウイルス感染症は日本人にとって、また世界の人々にとって、あの大戦争以来の切羽詰まった厳しい状況と言ってもいいような、辛いこととなりました。

未だ収束の兆しは見えません。のみならずさらにひどくなる可能性があります。年末にようやくイギリスでワクチンの接種が始まり、多くの人々がワクチンに期待しています。ワクチンの接種によってウイルスを克服し、オリンピックが開催出来、経済も回復して、徐々に以前の安定した生活に戻る、との期待や観測もあります。確かに、今回開発されたワクチンが、所期の効果を発揮出来れば素晴らしいことです。でも、同時にワクチンにはリスクも伴うことを知っておく必要があります。

B型肝炎を始め、過去のワクチン接種では大きな被害が出て社会問題になりました。子宮頸がんワクチンも記憶に新しいところです。ところがこの度のワクチンは、本来は五年から六年掛かるとされる臨床治験をわずか半年実施しただけで世に出るのです。副作用などの損害は製薬会社が持つのではなく、各国政府が負担するというのも、恐ろしいと言えなくもありません。おびただしい重症患者や死者が出ているアメリカやヨーロッパでは、小の虫には構わず大の虫を生かせと、少々の副作用ならやむをえないというような感覚で開発・生産・接種を急いでいます。日本政府もそのワクチンを、国民に接種しようとしています。

それぞれに事情があり一概には言えませんが、私はこのようなにわか作りのワクチンを性急に接種することには正直恐怖を覚えます。それよりも人体が本来持っている抵抗力、自然治癒力を高め、強化することで病気から自分の身を守りたいと思うのです。以前の『折節の記』にも書きましたが、人類の長い歴史を通じて、人体実験を経て蓄積してきた「医食同源」を基本に、玄米とか発酵食品、根菜類などの野菜や、海藻類などを食事の中心にする。そして、充分過ぎるぐらいの睡眠（時間のある人は昼寝も）を取る。適度な運動（特に足腰）をする。これが抗ウイルス対策の原点ではないでしょうか。たくましい生命力を持つ菊芋も必ずお役に立つと信じています。

今回のコロナ騒動に関して、返す返すも残念に思っていることがあります。令和元年末に中国武漢で発生した新型感染症に対し、中国政府やWHOは問題が大きくなるのを嫌い、抑え込もうとする中で、台湾は早々と海外からの入国者を完全に止めました。でも、日本政府はそれをしなかった。令和2年4月に控えていた習近平国家主席の国賓としての来日や、夏のオリンピック開催のためなのか、感染症封じの初歩対策である海外からの入国制限が非常に甘かった。台湾を見習ってほしいと、当時歯ぎしりをする思いで政府の決断を見守っていたのですが……。

発生から一年がたった現在、海外では全員がほとんど無料で受けられるPCR検査が、まだ日本では十分ではありません。病院の重症者向けのベッド数も、医療スタッフも考えられないぐらい、あまり増えていません。冬場のインフルエンザとのダブル感染が医療崩壊を招くと、用意周到な準備が求められていたにもかかわらずです。今回の新型コロナ感染症対策に関しては、残念ながら日本政府には期待出来ません。残念でなりません。令和3年の年頭に際して思うのは「自分の身は自分で守る」。これこそが一番の、大切な、重要な目標です。

「一病息災」「禍を転じて福と為す」「雨降って地固まる」。このようなことを自分で実践する一年にしたいと思います。

ワクチンに関する最新情報は厚生労働省ホームページなどで確認して下さい。

29 禍福

2021年2月

節分、そして立春へと季節は移りますが、世情は心ときめく春とは似ても似つかない緊急事態宣言下という非常時にあります。「禍福は糾える縄の如し」と言います。このような時は、いやこのような時だからこそ、私たちは負けてたまるか、の強い気持ちを持つ必要があるのではないでしょうか。今月は、私の若い頃の、言わば少し恥ずかしい話をしてみたいと思います。

人によっていろいろな青春時代があり、映画や小説にあるような、まばゆく輝く青春時代を送る人もあれば、辛くかなしい青春を過ごした人もあります。私の場合は後者で、色で言えば灰色でした。2月と言えば受験シーズンの真っ只中ですが、私は大学受験に失敗し、いろいろなアルバイトをしながら同級生に四年遅れて大学に入学。その大学も二年で中退しました。同級生の多くは、有名大学に進学し、一流企業に就職しました。受験に失敗したのは100%、私自身の責任であり、何に対しても、誰に対しても何一つ言い訳や責任転嫁出来るものではありません。

私はみんなのように順調な道を歩むことは出来ず、やむなく将来は起業するつもりでそのための仕事を覚え、26才の時に事業を始めました。資金もなく、お客様もなく、信用もなく、ないない尽くしで、当然のことながら苦労、苦労の連続でした。大学受験に失敗した後の、20才くらいの時です。名古屋の左官屋でアルバイトをしていたのですが、土を練りながら大きな太陽が沈んで行くのを見て、「ああ、自分の人生もこのまま沈んで行くのかなあ」と、感傷的になったこともありました。しかし、結果論とは言え、若い時に辛酸をなめたこと、苦労をしたことが、その後の私の人生にいろいろな面、とくに精神面において極めて有意義だったように、今となれば思えるのです。

私は四人兄弟の三番目に生まれ、一番上が姉で、二番目が兄、四番目が弟です。

姉は今も元気で、弟の私が言うのも面はゆいのですが、頭が良くて賢明です。何より曲がったことが大嫌いで分別もあり、今も私のいろいろな相談相手になってくれています。その姉がある時、このように言ったことがあります。「明は、以前は自信過剰で鼻持ちならないところがあったけれど、いろいろな失敗をしたり、不遇な時期を過ごしたことで、ようやく同情心や人の気持ちが分かる大切な心を持つことができるようになった」と。よく似たことを母親にも言われました。「お前の若い頃は、この子は将来どのようになるのか、心配で心配でたまらなかった。でも、あの頃の苦しかった時期があって、今のお前があるのやな。人の苦しみや、痛みも理解できるし、どんな困難にも粘り強く対処できる人間になった。神様が、お前に苦労という大事な宝物を与えてくれたのやろ」と。

知人に「自分の人生は順風満帆であった」と言う人がいます。この方は今80才ですが、自分の人生でただの一度も挫折はなかったと言うのです。このような人もいれば、私のように失敗を数多く重ねて今に至った人もいます。どちらが良い人生なのか分かりません。ただ一つ言えることは、数多くの失敗を重ねてきた人は、常に物事の本質を見ようとし、また粘り強く考える心を持っているように思います。

今日のコロナの問題も、まず何が問題なのかを考え、何をすべきなのか、また何がなんでも乗りきって行こうと前向きに考えているように思われます。年を重ねると、確かに肉体的にはほころびが出てきます。しかし、過去に多くの失敗をし、不遇な日々を過ごしたことで、生命ある限り、自分のやりたいことをやり遂げたいという気持ちが、衰えるどころか、ますます盛んになって行くように思われるのです。

私は今年74才になります。あとどれだけの時間が与えられているのか分かりません。しかし、いつか必ず現世の生命の終わりが来ます。その時に自分の人生を振り返り、十分とは言えないまでも「まあまあ、良い人生だったなあ」と感じることが出来たなら、数多くの失敗をし、苦労を重ねたことは決して無駄ではなかった。良き人生を歩むことができた要因の一つであったと思えるのかもしれません。

30 願求（その1）

2021年3月

私の健康に大きく寄与してくれている菊芋でありますが、もう一つ、欠くことの出来ない大切な存在としてコラーゲンがあります。今回はこのコラーゲンについてお話をさせていただきます。

進行性がんで余命数カ月と診断された妻は、食事療法と東洋医学のサポートで回復。普通に生活できるまでになりましたが、七年後に亡くなりました。絶望のどん底に落とされた私ですが、社交ダンスと出合い、仲間にも恵まれて、徐々に元気を取り戻しました。また、その社交ダンスの縁は、引きこもりがちだった次男の状況改善にも大きく役立ちました。運動療法で雨が降ろうと雪が降ろうと、毎日二時間から三時間、一緒にウォーキングをしていましたが、26才まで引きこもりだった次男に友達は一人もいません。ましてや異性の友達は皆無でした。そこで女の子との出会いの場になればと、ダンス教室の門を叩いたことなどは以前にもお話ししました。

そうこうしているうちに、次男より私の方が夢中になっていったのです。日に五時間ほども夢中になってダンスの練習をする私を見て、プロの人達から「我々と同じくらい練習するなぁ」とよく感心されたものです。しかし、56才という年齢、加えて一日に何時間も練習したことがこたえたのでしょう。ダンスを始めてから六年後ぐらいの時です。突然、ダンスはもとより、歩くこともままならない体になりました。社交ダンスは正式には十種目ありますが、そのうちの一つに「クイック」があります。男子と女子がペアを組んで跳んだり走ったりする大変激しい踊りです。その「クイック」を練習していて勢いよく走っている時に、突然左足の膝あたりに「グシャ」というイヤな音がして、激痛に襲われました。直ちにダンスの練習はやめたものの、時間がたっても痛みは引かず、歩行が辛くなり、さらには右足の膝まで痛くなってきました。

整形外科、整体、接骨、鍼灸と、ありとあらゆる治療を受けに行きましたが全く良くなりません。もうダンスを諦めなければならないのかなぁというところまで追い込まれました。引退を覚悟し、近々開催される京都でのダンスパーティーを最後の舞台にしようと思い、痛み止めの注射を打ちながら踊りました。なんとか踊り終えて控室に戻りますと、仲間の一人から「膝が悪いのなら広島の福山に素晴らしい整体の先生がいますよ」と言われたのです。藁にもすがる思いで、でもあまり期待もせずに福山に先生を訪ねました。診察の後、その先生は「これは治る、半年ほど掛かるけれど治る」と言われたのです。その言葉を聞いた時は、本当に涙が出そうになったものです。そして、実際半年間ぐらいで再びダンスができるまでに回復したのです。

ただその後も少し違和感が残り、月数回は通っていました。そのような時に、東京のホテルで開かれる「ワールドスーパースターズ」という世界のトッププロ達が競演するパーティーに、前座のアマチュアダンサーの一組として出演することになりました。その会場で、演技の前にドリンクの試飲がありました。それが私のコラーゲンとの出合いでした。飲んでみると何かしら膝や筋肉の調子が良いのです。それでその後も飲み続けていますと、練習もラクになってきました。そのうちにまったくと言っていいほど膝の心配がなくなったのです。激しい踊りの「クイック」もまったく問題がありません。さらには大きなリフト、50kg前後の女性を肩から上に持ち上げるリフトと言う演技を取り入れたダンスを踊ってもまったく違和感がないのです。

思えば菊芋との出合いも、ダンスのニューヨーク公演で、原因不明の体調不良に苦しみ、友人から勧められて飲み始めたのが始まりでした。コラーゲンとの出合いに私は運命的なものを感じました。当社製品をご愛用の皆様の中にも、加齢などにより関節に痛みを持つ方はたくさんおられます。このコラーゲンはそんな方々にきっとお役に立つに違いない。ほかならぬ私自身の実体験からそう確信した私は、膝や腰、肩など関節の痛みでお悩みの方のお力になりたいと願い、このほど、その魚鱗由来のコラーゲンを世に出すことにいたしました。次号はそのコラーゲンの詳細を説明させていただこうと思います。

31 願求（その2）

2021年4月

前章に引き続き、私にとって救世主となった有難いコラーゲンについてお話をしたいと思います。

そのコラーゲンはスカールコラーゲンと言い、魚の鱗から抽出したものです。一般的なコラーゲンは動物（牛・豚・鶏など）から抽出したものが大半です。魚の鱗コラーゲンと動物性コラーゲンの違いは、なんと言っても体内での消化吸収性にあります。私同様、鱗コラーゲンを愛飲している社交ダンスのプロダンサーは異口同音に「後半までスタミナが持つ」「翌日が凄くラクだ」「肌がつるつるする」と言います。連日、長時間踊らなくてはならない彼らの声に、分解されやすく、消化吸収性に優れていることは明らかではないでしょうか。

20才を過ぎた頃から体の新陳代謝が衰え、コラーゲンの体内生成量も衰えると言われます。皮膚はシワやシミが出来やすくなり、骨は衰え、貧血になったり、関節が痛みやすくなったりします。このことは、私も身をもって経験させられました。肌のシワやシミは、年と共に出来てきたことは意識していましたが、関節痛などはなかったのです。それが56才の時に社交ダンスを始めるようになってから、足の指のこむら返りに悩まされるようになりました。極めつきは62才の時、ダンスの練習中に「グシャ」という不気味な音と共に膝を傷め、その後ダンスはおろか、日常生活にまで支障を来すようになったのです。否応なしに老化を自覚させられました。それまでは、人間の体は鍛えれば鍛えるほど膝も腰も肩も強靭になると思い込んでいましたが、そうではなかったのです。加齢と共に、筋肉の素となる良質な栄養成分を補給することが必要不可欠だったのです。

私は今、毎日コラーゲンを飲んでいます。膝の痛みや、こむら返りはまったくなくなりました。頭上高く50kg近いパートナーの女性を持ち上げるリフトというダンスの演技をするには、かなり激しい、負担の大きいトレーニングをする必要があります。例えば、仰向けに寝てバーベルを持ち上げるベンチプレスというウエイトトレーニングがありますが、私は１００kgの重量で訓練しています。コラーゲンを飲む前は、トレーニングをした後筋肉が悲鳴を上げ、その痛みや疲れが尋常ではなかったのですが、コラーゲンを飲むようになってからはずいぶんとラクになりました。関節だけでなく血管や内臓にも良いことを自分自身で、文字通り実感出来たのです。

お釈迦様は「生・老・病・死」を、人生の四苦と諭されましたが、誰しも老化現象が起きてくることは認めざるをえません。しかし老化を最小限にくい止め、老化の進行を抑えることは可能です。可能にする物質があります。それがコラーゲンなのです。

私は高齢になった時こそが人生で一番大切な時であると思っています。円熟した、言わば人生の集大成の時であると。特に私のように若い時に失敗が多く、不完全燃焼が長く続いてきた者にとっては、燃え尽きるまでの時間は非常に大切なものであります。残された時間を存分に活用して燃え尽きたいと思うのです。そのためには今何をすべきかと考えた時、何を成すにしても絶対に必要なものは、強靭な肉体と精神であります。その強い体や精神を維持する上で、鱗のコラーゲンは強い味方です。新陳代謝が活発な若い時には分からなかった良質な補助食品の重要性が理解できる年齢になり、私にとっては、菊芋と鱗のコラーゲンは必須栄養食なのです。

加齢と共に膝、腰、肩などの関節や、こむら返りなどでお悩みの方は多くおられます。コラーゲン不足による老化を最小限にとどめる魚の鱗由来のコラーゲンを飲んでみて下さい。何かをしようと思っても、膝や腰や肩などに痛みがあったり、身体がしんどかったりしたら、どうしても消極的になってしまいます。せっかく数多くの経験を積み、豊富な知識を得て、それらを活用し活き活きとした積極的な老後の日々を送るために、できれば関節などの痛みや身体のだるさから、解放されたいものです。

この魚の鱗由来のコラーゲンを広めていき、より多くの方々に活き活きとした老後を送っていただきたいと願っています。

32　創建

2021年5月

今や、人の寿命も100才と言われるようになってきました。しかし、現代社会に生きている我々高齢者の中で、どれほどの人が自分の心身の健康に自信を持っているでしょうか？　昔の、それも少し前の私の若い頃、50年前、60年前の高齢者の方がはるかに心身共に健康であったように思います。食物にしてもずいぶん変わりました。以前のお米や野菜や果物には、農薬や化学肥料、殺虫剤などの化学物質はほとんど使われず、太陽の光をふんだんに浴びた、強い作物でした。

身体を動かすことも、朝にはラジオ体操があり、何よりよく歩きました。地域の人々が集まって夏には盆踊りがあり、また溝掃除や草刈りをしたり、自然に身体を動かす機会が多く、同時に大勢の人と一緒に食べたり飲んだり共同作業をしたりすることで連帯意識が強く、孤独死も考えられず、ストレスにしても今の社会生活に比べてはるかに少なかったと思われます。心身の健康に悪影響を与えるのは食物、運動不足、ストレスが大きいと言われますが、そのいずれにおいても、現代に生きる我々はきわめて厳しい状況にあると言えるのではないでしょうか。

医療においても「早期発見、早期治療」の必要性はよく耳にしますが、どうすれば病気を防げるか、病気にならないようにするにはどうすればいいかということはあまり考慮されていません。食生活もいろいろなものを万遍なく食べることが良いと言われますが、日本人にとって本当に良い食べ物とは何か、という視点はあまり聞きません。

私はがんになった妻を、現代医学では治療が難しいと言われながら、妻をなんとかしたいという思いで勉強し、実践した食事療法、自然療法、東洋医学などを基本に、まさに妻が自らの死をもって与えてくれた健康法のおかげで、73才の今日も心身共に元気を与えられ、現在も健康な日々を過ごしています。

しかし、多くの、いやほとんどの人々、とくに高齢者の方はどのようにすれば心身の健康が得られるのか、あるいは維持できるかということに不安や悩みを持っておられるのではないでしょうか。現代は普通に生活しているだけでは健康を維持することは難しく、徐々に健康を損なっていく可能性が高いと思います。

私は今、マンションに住んで生活していますが、同じマンションのとくに高齢者の方々を見ますと、まず元気がありません。お見掛けする近隣の高齢者の方々も元気な人は少数で、多くの方が心身共に疲労感や不安感、自信のなさが表情や動作に現れているようです。高齢者の方が、神様から一つだけ願いを叶えてあげると言われたらなんと答えるでしょうか。中にはお金や高級車と言われる方もおられるでしょうが、圧倒的多数の方々は健康と答えられるのではないでしょうか。

私は常々不思議に思っていることがあります。人生の中で一番大切にしたい時期は、高齢期だと私は思っています。若い頃は自分の夢や目標の実現に情熱を傾け、一所懸命努力してこられました。高校や大学受験もそうですし、あるいは仕事においても家族のためにと粉骨砕身して頑張ってこられました。それなのに何故か、年齢を重ねるほど何より大切なはずの健康に関して傾ける情熱や努力が、受験や仕事に傾けたそれに比べ、格段に少ないように感じられてなりません。もちろんあまりに健康、健康と意識過剰になるとストレスで逆効果になりますが、もう少し自分の健康に対して真剣に考えていただきたいと思うのですが、いかがでしょうか。

自分にはどのような食物が良いか。体を動かすことの大切さは分かっているわけですから、自分にとってどのような運動が向いていて、かつ適切なのか。ストレスを減らすことは非常に難しいことですが、まず食生活を改善し、身体を動かすことなどでより良い睡眠を取り、少しずつストレスを減らしていく、と言う方法もあります。

食物、身体の動かし方、ストレス軽減について、憚りながら私には自分なりに考え、実践して、それなりに成果を出してきたノウハウと実績があります。ご連絡をして下されば、前田明のシルバー世代のための健康法をご説明させていただきます。

33 食餌

2021年6月

今日は食事についてお話ししたいと思います。昔は食べ物の量が少なく、時には飢饉などで餓死者が厖大な数に上ることもありました。現代はそういった悲惨な状況からは解放されていますが、その一方で毎日毎日おびただしい食物が廃棄されるという罰当たりな状況にあります。しかし、そんな飽食の世にあって、果たして現代人は「おいしい！」と感じて食べているのでしょうか。私には疑問に思われます。

私が幼い頃、夜寝るときに母が添い寝をしながら昔話をしてくれたのを思い出します。その昔話のうち、今でもよく憶えているものがあります。このような話でした。

「昔々、お城のあった町での話やで。食べ物屋さんのお店にある日、とんでもない話が来たんや。お殿様がいつものお城の食事に飽きたので、町に行って食べたいと言われたそうや。それがなんと、その店で食べたいということになったのや。とんでもないことになった。もしお殿様が『まずい』と言うて機嫌を悪くされたら、どのようなことになるのか、どうしようと、店の中は大騒ぎ。しかしそこで、その店のおばあさんがみんなに言ったのやそうな。『心配せんで良い。おばあに良い考えがある』。おばあにまかせておけ、と言うのやな。さあ、そこにいよいよお殿様の一行がやって来た。一体どうなるやら。

お殿様が店についてから、お茶は出るもののなかなか食べ物が出て来ません。催促するもののなかなか出て来ないのです。そのうちお殿様も『腹が減ってもう我慢出来ぬ』と言い出す始末。そこでようやく出て来ました。おにぎりと漬け物だけが。

それを食べたお殿様。『こんなおいしいものを食べたのは生まれて初めてじゃ。おいしい、おいしい』と。おばあさんのおかげで店の者みんな胸をなで下ろし、大喜びでした。めでたし、めでたし」

こんな母の昔話を今も憶えているのですが、現代人はこのおばあさんの考えと逆のことをしているのではないのでしょうか。朝昼晩きちっと三回食事を取りなさい、それも決まった時間にと。でも、お腹が空いていないのに食べてもあまりおいしくありません。お腹が空いて、身体が食べたいと望んだ時に好きなものをいただいた時、「ああ、おいしい!」と実感出来るに違いありません。

おいしいと感じ、おいしかったと思えることは、食事をすることの大きな喜びの一つであるはずです。それが、お腹が空いていなくても無理してでも食べないとだめだとか、会議があるから今のうちに食べておかないといけない、といった不自然な食事は喜びどころか、時に苦痛でさえあります。これでは体にもいいわけがありません。

もちろん多くの人々が仕事の内容や勤務状況のために、お腹が空いた状態と昼食の時間とがうまく合わないことも多々あるでしょう。私はそのような場合、無理して食べずに昼食を抜き、お腹が空いた状態で夕食を食べることをお勧めしています。

例えば私自身、事業をしていることもあり、たまに接待で食事をする時、次々に出されるお料理を口にしながら、あまりその味が感じられないことがあります。「心ここにあらざれば食らえどもその味を知らず」で、仕事のためやむをえないとは言え、そんな時は食べ物に対しても体に対しても申し訳なく、残念な気持ちがします。

おいしく食べることは人間にとって非常に大切なことの一つです。出来ることなら食べたくない時に食べることだけは避けたいものです。大切な栄養が補給されて喜ぶはずの体にしても、腸が一生懸命消化活動をしてやっと一休みしている時に、さらに食べ物が入ってきたらたまりません。消化不良を起こし健康にも良くありません。

私はこれからの人生、「よりおいしく食べられると思える時に食べる」ように工夫したいと思っています。そのためには、食事のタイミングだけでなく、適度な運動や充分な睡眠なども重要になってくると思います。せっかくの食事をよりおいしくいただく、そのために何か出来る工夫はないか？　日々の食事をいただきながら、皆様も時にはそんなことを考えてみてはいかがでしょうか。

34　与

2021年7月

つい最近のことですが、親しい人から「この度離婚することになりました」と聞かされました。離婚は増える一方です。私の周囲を見ても、むしろ離婚をしていない人の方が少ないくらいに思います。

私の場合は、妻が48才の時に病気で亡くなりましたので結婚生活は24年間でした。しかも最後の七年間は妻に悪性の進行がんが見つかり、二人して病気と闘う日々でしたから、離婚の危機はありえませんでした。ただ、その前の17年間の結婚生活において、私と妻との間に一時期すきま風らしきものが生じ、それを回避させた出来事がありました。妻の母、つまり義母の死に因《ちな》む出来事でした。

義母は普段から無口な人で、でもいつもにこにこして人に対応する人でした。

食料品や日用雑貨を売る小さな店を経営し、海水浴場に近いところにある家では民宿を営んでいました。義父は会社に勤めていましたから、ほとんど一人で店と民宿をきり盛りしていたのです。当時の民宿は人気があり、海水浴シーズンになると連日お客さんで賑わいました。お客さんの到着時間はまちまちで、場合によっては深夜に到着し、それから食事を出すということも珍しくありません。過酷な仕事に追われる毎日でした。でも何一つ文句も言わず、頑張っている義母の姿に感動したものです。妻と結婚しようと決めた時、黙々と働き、いつもにこにこしている義母の存在は、私の心の中で確かに背中を押してくれる大きな力になりました。

でもその無理を重ねた日々が祟ったのか、50過ぎの時に義母は急性白血病に襲われたのです。今でこそ急性白血病から回復される人も増えてきましたが、35年前はほとんど治療法がなく、回復は不可能に近いものでした。そして残念ながら義母は六カ月ぐらいで息を引き取りました。

その死は私にとって深い悲しみでしたが、妻や妻の兄弟の悲しみは私の比ではありません。特に妻の嘆きはたとえようもなく深く、毎日毎日泣き続け、十日たち、一カ月たち、さらには二カ月たっても涙が涸れることはありません。私はその時、義母に対する思いの深さをしみじみ知らされました。深く心を打たれました。そしてその時、私は初めて妻を人として尊敬することが出来たのです。その尊敬の念を持つことで妻との今までのことを振り返りました。

それまで妻は私のためと思い、時々私の事業に関してアドバイスをしてくれていました。ですが、私は「事業のことは僕がするから」と言ってほとんど耳を貸しませんでした。しかし、思い起こすと妻の意見の方が正しかったのではないか、と言うことに気がついたのです。例えば「それはやらない方がいいと思うけれど」と言われながら、私はその声を無視して断行し、結果的に失敗したことがありました。それも一度や二度ではありません。私は妻に謝りました。

「和美のお母さんを思う気持ちは凄い。和美は人間としても素晴らしいと思う、今までのことは許してほしい。せっかく良いアドバイスをしてくれていたのに、ほとんど聞く耳を持たなかった」と。

その後の二人の間には、結婚して以来初めてと言っていいほどの信頼関係が築かれたように思います。義母の死そのものは辛く、耐え難いもので、とくに妻にとっては言葉には言い表せないほどの悲しみでした。しかしその悲しい出来事が、私と妻を強い信頼で結び、二人の人生に言葉に尽くせない好影響を与えてくれたのです。言わば義母は死をもって、我が娘の素晴らしさを私に感じさせ、私達夫婦に深い絆を与えてくれたと思い、今も感謝の他ありません。

「雨降って地固まる」とか「災い転じて福となす」という言葉がありますが、義母の死はその言葉の意味とは少し違うように思います。このことは、私の努力や頑張りはなく、私以外の力で辛いことがあったのにより良い状況になったのです。

若くして不憫な死に出合い、妻の深い人情を見せられ、又妻の素晴らしさを感じさせられ、深い夫婦の絆を与えられた。与えられたことばかりと思います。本当に素直に感謝します。また、そのような感謝する気持ちを与えられたことに感謝しています。

35 無垢

2021年8月

私には四人の子供がいます。一番下が娘で、真理子と言います。高校時代には卓球部に所属して活躍し、結婚してからもママさん選手として卓球を続けた母親を見て育ったせいか、この子も4才から卓球を始め、熱心に取り組んでいました。

2000年4月に妻が残念ながらわずか48才で亡くなりました。それから四カ月後の8月、真理子が突然、「お父さん、お母さんがいなくなってから悲しくて仕方がない。家にいると悲しみに押しつぶされそうになるから環境を変えたい。私を中国に卓球留学させて」と言ってきました。私も妻が死んだ後、どうにもならない虚脱感に襲われていたこともあり、娘の気持ちがよく分かったので同意しました。こうして娘は中国の瀋陽へ卓球留学をすることになったのです。

娘は当時15才でしたから、私は心配で頻繁に瀋陽に様子を見に出掛けました。瀋陽は中国・東北部（旧満州）の中心都市で、第二次世界大戦当時は奉天と言っていた人口六百万人の大都市です。今でこそ中国はものすごい経済発展を遂げ、GDPも世界第二位となるなど、大きな影響力を持つ大国になりましたが、21年前の中国は北京や上海などの沿海部は別にして、内陸部の瀋陽はまだまだゆっくりと、のんびりした牧歌的な雰囲気がありました。物価も安く、人々も〝ボロは着てても心は錦〟といった心の豊かさがあるように感じました。儒教の教えもしっかりと根づき、親が子を思い、子も親を思う家族の絆は、昔の良き日本を思い起こさせるような強いものがありました。冬季には零下二〇度から二五度になる極寒の地ということもあり、家族が互いに思いやる気持ちが深まったのかもしれません。

瀋陽に行くときは必ず、二男の誠も一緒でした。当時の誠は引きこもり状態にあり、目を離すことが出来なかったため連れて行ったとも言えます。二人でウォーキングして引きこもりの状況はずいぶんと良くなっていましたが、まだ一人で家に置いておくことは不安で、できませんでした。それとは別に、実は誠が瀋陽を気に入ったことも連れて行った理由の一つです。

瀋陽に行くと中山広場という大きな広場に面した遼寧ホテルが定宿でしたが、滞在中、誠は毎朝早起きしてホテルの目の前にある広場へ出掛けます。ある朝、いつものように出て行く前に私にボソッと言いました。「お父さん、百元おくれ」と。百元は当時のレートで千五百円ぐらいです。その頃、中国の一般的な事務員さんの月給が五千円ぐらいでしたから、そこそこの金額です。「そのお金をどうするの?」と聞きますと、「広場へ行くとみんな太極拳をしていて、初めての僕に教えてくれる人がいる。その人にお礼をしたいから」とこのように言うのです。そこで私は「不慣れな日本人を見かねて親切に教えてくれる人もいる。けれどお礼までせんで良いのやないか」と言いました。でも誠が再度言うものですから百元渡しました。帰ってきた誠に「渡せたか?」と聞きますと、「その人は今日はおってなかった」と言います。「そうか、では明日渡したら良いなあ」と言いました。すると誠は「一階に寄付箱があったのでそこに入れた」と言ったのです。

それを聞いた時、私は自分の顔が火照るような恥ずかしさを覚えました。誠はその人にお礼することは神様にお礼することだったのです。長い間引きこもりで、人と会うことも話すこともできず、孤独にさいなまれた誠が、広場で見知らぬ人から声を掛けてもらい、太極拳を教えてもらったことの喜びは言葉では言い表すことの出来ないほどのものであったのでしょう。

親切な、良い人に出会ったのは目に見えない力によるはからい、おかげと思えたのでしょう、なんとか自分のお礼の気持ちを示したいと考えたのです。太極拳を教えてくれる親切な人に巡り合わせてくれた神様に感謝の気持ちを伝えたいと思ったのでしょう。そのような純粋な気持ちから「お礼をしたい」と言う誠に「太極拳は誰でも教えてくれてやから、お金までお礼せんでいいで」と言った私が恥ずかしくてたまりませんでした。

36 加護

2021年9月

私には四人の子供がいます。三人の息子と一人の娘です。三番目の息子は薫と言い、オアシスで私と一緒に仕事をしています。現在、39才です。その薫が2才の時のことをお話ししたいと思います。

私の家内の実家は、砂浜が大変きれいな海水浴場がある京都府舞鶴市の神崎という町にあります。今はもう、残念ながら昔の面影はありませんが、5、60年前の神崎の海は美しく、数m下の底も見えるぐらい澄んでいました。さざえなどの貝も豊富で、はまぐりはいくらでも採れ、よく焼いて食べたものです。毎年夏になると、海水浴を楽しむ大勢の人で賑わいました。訪れる人を迎え入れるために、毎年7月1日の海開きの日に合わせ、6月に入ると村の人が総出で海や砂浜の掃除をします。ゴミを拾い集め、燃やし、防火の砂を被せて掃除は完了です。

ある時、その砂の中に2才の薫が足を踏み入れたのです。家内の妹が子守をしてくれていたのですが、ちょっと目を離したすきにヨチヨチ歩きで火を埋めた砂山に入ったのです。その砂の下には残り火が燻っていました。燃え残った流木などが炭火のように埋もれていたからたまりません。文字通り足の裏に火がつき、ただならぬ泣き声を上げ、飛び出ることもできず焦げるままに立ちすくんでいました。妹がびっくりし、飛んで行って抱きかかえ、直ちに救急車を呼んで舞鶴の市民病院に運び込みました。その救急車の中から家内のお母さんが私に電話をしてくれました。「明さんごめん。大変なことをしてしまった。薫に大火傷をさせてしまった。ごめんね！ ごめんね！」。それから一時間ほどして再度お母さんから電話がありました。「先生が言われるには、そんなにたいしたことはなく、しばらく通院すれば大丈夫とのことです」。私はようやく、ほっとしました。

翌日は私が薫を病院に連れて行きました。包帯が外され、患部を見た私は「あっ！」と声を上げました。なんと足の裏がズクズクにただれているのです。

思わず先生に聞きました。「このような状態で大丈夫ですか?」。先生が答えました。「大丈夫です。イソジンで消毒してしばらくすれば良くなります」と。私はその言葉に唖然としました。病院を出てすぐ家内の妹に電話しました。妹は当時、京都市内で看護師をしていたのです。「大至急火傷専門の、評判の良い医者を探してくれ」と頼みました。と、まもなく妹から連絡が入りました。「京都に火傷の名医がおられます。日本で一番と言われている方で大矢先生と言い、京都第一日赤にお勤めです」。すぐに京都へ走りました。

日赤病院でまず驚いたのが「熱傷科」という診療科目があったことです。その熱傷科の大矢先生の診察を幸い受けることができました。薫の足を診た大矢先生の表情と言葉は、今思い出しても背筋が凍るようです。「この子は残念ながら、一生車椅子の生活になる可能性があります」。「足の指がすべて取れてしまうからです。義足をはめなければいけないのです。その覚悟はしておいて下さい」。呆然としている私の前で薫の足にクリーム状の薬が塗られ、即入院です。包帯で手足をぐるぐる巻きにされ、痛々しい2才の薫に家内がつき添いました。毎日毎日、私にできることは祈りしかありませんでした。

そして一カ月が過ぎた頃。着替えなどを持って病院に行った時、先生に状態を伺いました。エレベーターの中でしたが、先生の表情や一言一句を今でもありありと思い出します。「この子は治るかもしれません。多分足の指は大丈夫です」。狂喜する、とはまさにその時の私の心境でしょう。そして、それからは先生の言葉通り良くなっていったのです。薫は治ったのです。足にケロイドが残りましたが、歩くことも走ることもでき、小学生の頃はなんと野球を始め、中学校では野球部に入るという、私は信じられない喜びに包まれていったのです。

もしあの時、最初の医者の言う通りにしていたらと、身の毛のよだつ思いがします。世の中の常識とされていること、たとえそれが専門家の意見であっても、自分でもしっかりと考え対処する。さらに、全身全霊を込めた気持ちと行いで対処し、後は神にゆだねる。「お前は運のいい子や。真面目に努力していけば必ず神様が守ってくれてやで」と私は薫に言えることが出来たのです。

37 観る

2021年10月

今日は高校一年からずっと引きこもりであった二男の誠が、絵描きの職に就けるようになったいきさつについてお話させて下さい。

調子が悪くなり、学校にも行けず家に引きこもる本人も、また家族も苦しい状況から、私と毎日毎日一日も欠かさず歩くことで、ようやく回復してきたのが26才の頃です。ちょうどその頃、二人のお手伝いさんに来ていただいていましたが、一人の方が急に辞められることになり、母が知り合いの福田さんという、落ち着いた、優しそうな方を紹介してくれました。当時、私は週に一度はどんなに忙しくても実家に行っていました。年を取るとあまり食べたり飲んだり出来ません。父や母には、家族や知り合いと昔話や思い出話をするのが何よりのご馳走と思い、話をしに行っていたのです。

ある日のこと。父が「誠がこんなものを送ってきた」と言って一枚の絵手紙を見せてくれました。ぶどうの絵が描かれていて「心のつなぎあい」の文字が添えられていました。びっくりしました。本当に誠が描いたのか？　と驚きました。さらに父が「村上にも一枚届いている」と言います。村上とは私の姉のことです。すぐに姉の家に行きました。姉に送っていたのはピーマンの絵でした。誠に確認すると「うん」と言いました。お手伝いの福田さんの趣味が絵手紙で、「誠ちゃんも描かへん」と勧められて描き、「お爺ちゃんと伯母さんに送った」ということでした。

当時、私は宮田さんという画家のための小さな画廊を経営していましたので、宮田さんの絵はもちろん、他の画家の絵もたくさん観る環境にありました。改めて誠の絵を観た時、うまいとかでなく、素晴らしいと思い、早速、宮田さんにも見てもらいました。宮田さんは「ほんまにこれ誠君が描いたのか、すぐに会いたい」と言ってくれ、有馬温泉のあるホテルで会うことになりました。宮田さんは大きなスケッチブックを出してきて「誠君、これにお父さんの顔を描いてくれる?」と言いました。誠はうなずき、真っ白な画用紙に顔の輪郭をすっと描き込みました。それを見た宮田さんが「誠君、お風呂に行ってきて」と言って誠に席を外させ、「前田さん、この絵手紙は確かに誠が描いとる。この子を絵描きにしよう、四カ月後に大阪道頓堀で個展をしよう」と言うのです。「いきなり何を言っているのですか、私を慰めてくれるのは有難いが、まだ絵手紙二枚しか描いていない誠に、個展なんて」と言いますと、「この子は僕とよう似てるから分かる。この子はやれる。僕にまかせてくれ」と言い、誠に「画用紙を四枚に切り分けてハガキ大にし、一日一点のペースで家にある果物や野菜を描き、川や山や海へ行ってスケッチするように」と言ったのです。

すると驚いたことに今まで何もすることができなかった誠が、毎日毎日スケッチに出かけ、一点ずつ描いていくではありませんか。そして四カ月足らずでなんと一一四点の作品を仕上げたのです。宮田さんの肝煎りで、大阪・道頓堀のギャラリーで『前田誠展』を開くことになりました。私は喜びと不安が混ざった不思議な気持ちで初日を迎えました。無名の若者の個展でしたが、さすがに道頓堀という繁華街のギャラリーです。一週間の会期中、多くの方が次々に入って来られました。そして、なんと買ってくれるのです。誠の作品を観て、買ってもらえるということは、彼のこれまでの歩み、苦しみながらも生きてきたこと、努力して四カ月で一一四点の絵を描き上げたこと、そのすべてが認められたように思い、私は言葉にならない喜びを感じたものです。

誠は私以上に喜びを感じていたと思います。結局七十点程の作品が売れ、会場費など諸経費を差し引いて七十万円が残ったのです。この収入すべての七十万円を「お前の初めての収入や」と言って誠に渡しますと、今から舞鶴のカトリック教会に行きたいと言いました。「二十万円を寄付する」と言うのです。初めて得た収入なのに二十万円も寄付するのか？　と聞き直しましたが、「そうする」と言いますので二人で教会へ行き、寄付しました。残りは銀行に預金しました。26才まで何も出来ず、絵にしても美術学校にも行かず、教わる師匠もいない中でこれだけのことが出来たことに対する誠なりの感謝の気持ちの表れなのでしょう。

初めて自分で得たお金さえ寄付したいという誠の心持ちは、個展の成功と共に一生忘れることのできない思い出となりました。

38 人（ささえる）

2021年11月

大阪市福島区においしいたこ焼屋さんがあります。ご夫婦で店を営まれていて、二人とも六十代ぐらいです。私も時々買いに行くのですが、その時はたまたま客が私一人だったものですから、「いつも二人で仲良く仕事が出来ていいですねえ」とご主人に話し掛けてみました。すると「以前はあまり有難いと思わなかったのですが、今は家内がいてくれないとどうにもなりませんのや。仕事だけでなくいろいろと頼りになります」と言って笑い、奥さんの方も「前はイヤな人やなあと少し思ったこともあったけれど、今はお父さんがいてくれて有難いですわ。一緒に仕事ができて嬉しいです」と返してくれたのです。私はほのぼのとした気分になり、まあるいたこ焼がさらにまあるくなったように感じました。さらにご主人が言いました。「私らのように年がいって、若い時に比べて身体やいろいろなところにガタが来ると、家内の有難みがわかります」

「人」という文字の意味、成り立ちを子供の頃に学んだ覚えがあります。お互いに支え合うのが「人」であり、「人」の文字はまさにその意味を表していると教わりました。このたこ焼屋さん夫婦はまさに「人」を体現しているのでしょう。

私の両親もお互いが年を取れば取るほど仲良くなっていったように思います。人は自分自身の生きていく上での自信が薄らぐと、必然的に自分以外の人に助けを求めたり頼ろうとします。また、助けられたりした場合、助けてくれた人に有難いと思い感謝もします。逆にその人から助けを求められたら、自分にできることならなんとかしたいとも思います。そのようになれば、まさに「人」という文字にふさわしい人になるのでしょう。その意味では人間は弱くなった方が人間らしくなるのかもしれません。

「一病息災」という言葉があります。一つぐらい持病があった方がかえって健康に気をつけて、長生き出来ると言うことですが、このことは身体の健康だけではなくて、精神的なやすらぎなど心の健康にも繋がるのではないのでしょうか。病気になればやはり人に頼る心が起こります。また傍にいる人もなんとかしてあげたいと思います。感謝し、又感謝されている、助けてもらっている、助けている気持ちを双方が持つことで、二人の仲は一層良くなっていきます。このたこ焼屋さん夫婦のようにお互いが同じような立場であればなおさらのことです。

このように考えますと、普通辛いことと思われる病気になることや、事故に遇って怪我をすること、また年がいくことも決して辛いことばかりではなくて、むしろ人として人間らしい、本当の喜びを感じることができる可能性を与えられることなのかもしれません。人は誰でも年を取りたくありません。また年がいって膝が痛くなったり、杖をついたり、あるいは病気になったりという状態になることは誰もが望むことではありません。しかし人間である以上、そのような状態から避けて通ることはできません。そのような状態になった時に、人の世話になろうという気持ちを持つことは決して恥ずかしいことではないと思いますし、同時に弱っている人を見れば助けようと思い、そのことを通じて仲が良くなっていくことは決して打算的、功利的なものではなく、人として当然のことと考えたら良いのではないのでしょうか。

健康に心配なく経済的にも順風満帆にこれまで来ている人は、人に助けてもらおうとか支えてもらいたいとかの気持ちはあまりないでしょうし、弱っている人や苦しんでいる人を見ても心の底から助けたいとか支えたいという気持ちは起きない可能性があるのではないでしょうか。結果、支えたり支えられたり、助けたり助けられたりという人間の持っている素晴らしい面を知らずに通り過ぎてしまうかもしれません。そのように考えると、年を取ることや病気になることや苦しむことは悪いことばかりではない、本来の人としての喜びや幸せを感じるチャンスなのかもしれません。

39 利他

2021年12月

今回は二男の誠と一緒に四国巡礼に行った時のことをお話しします。四国巡礼の札所は八十八カ所あります。徳島県鳴門市の第一番札所・霊山寺から第三十番（善楽寺）までは自転車を使って巡りました。その途中、高知県室戸市の第二十五番札所・津照寺で、私にとって忘れることの出来ない、心が洗われる出来事を経験しましたので、そのことをお話ししたいと思います。

最近は全行程を歩いて巡礼する人も増えてきたようですが、やはり1250㎞という長丁場ですから自家用車やタクシー、バスを使って巡る方が多いようです。私達が第二十五番札所の津照寺に着いた時も、ほぼ同時に巡礼者の団体を乗せたバスが到着し、三十人ぐらいの人が降りて来られ、お参りを始められました。皆さん弘法大師空海に帰依するという意味の、〈南無大師遍照金剛〉と書かれた白衣を身にまとい「南無大師遍照金剛！　南無大師遍照金剛！」と声を合わせてご宝号を唱え始められたのです。私は少し遅れて参拝者の輪に加わり、集団の中で手を合わせて拝んでいる誠を見つけ、すぐ後ろで参拝していました。すると「南無大師遍照金剛！」と多くの人がお唱えしておられる中で誠だけは、「お父さんを八十八カ所無事に！　お父さんを八十八カ所無事に！」と何回も何回もつぶやいているのです。それを聞いた時の私の胸に思わず熱いものがこみ上げてきました。自分の希望や夢を祈るのではなく、私の無事安全を祈願している！　高校一年から引きこもりになり、学校にも行けなかった、仕事も出来なかった、友達も出来なかった、また毎日毎日辛く苦しかったこれまでの日々。それを思えば、自分自身のことで精一杯だったに違いない誠がなのです。私がその時思ったのは、「この子は優しい子やなあ」とか、「引きこもりを乗り越えられて良かった」とか言うことではありません。父親として「誠は人間として私より上やなあ、私より人間として人柄が立派で潔いなあ」という心洗われるような思いでした。

多分、誠は私がすぐ後ろにいることは知らなかったと思います。何故なら誠はお寺に着くと自転車を降りてすぐ、休むことなく本堂に参拝し、それを済ませたら納経所で御朱印を受けるのです。でも、私は疲れて境内にあるベンチで一休みすることが多いのです。その時もいつも遅れて参拝する私が、まさかすぐ後ろにいるとは知らず一心に祈っていたのでしょう。

この四国八十八カ所の札所は弘法大師空海が開いたとされ、今までに数えきれないほどの多くの人々が巡礼されてきました。私と誠は三十番札所まで自転車を使い、三十一番から最後の八十八番札所までは歩いて巡礼、いわゆる「歩き遍路」をしました。その道のりは本当に厳しいものです。平安時代に始まり江戸時代や明治、大正、昭和初期の巡礼はすべて歩きだったわけで、今でこそ車やバスを使うことが出来ますが、また遍路道も今はずいぶんと整備されましたが、以前は「遍路ころがし」といわれる難所も数多くあり苦難の巡礼だったのです。白装束はいつ遍路途中で死んでも構わないように、との決意表明の証とも言われています。

そのような厳しい遍路を修行する人々の思いはどのようなものであったのでしょうか。もちろん自分自身の病気の回復や、心を見つめ直すためにとか、自分自身のために巡られる人もおられるでしょう。しかし厳しい巡礼を志した心の中に、親や兄弟姉妹や子供の病気の回復や健康のため、まさに利他の一途な思いを持って大願成就を祈る人が数多くおられたと思います。

このあまりに厳しい道行は、自分のためだけなら途中で挫折するかもしれません。「同行二人」と言われ、巡礼者にはお大師様が常に傍について一緒に巡って下さっていると言われます。確かに目に見えないお力を与えて下さっている、と私たちも何度もおかげを感じたことがありました。それにしても若い誠が何故こんなに四国巡礼が好きなのか。この険しい、厳しい道行の八十八のお寺を開いたお大師様を尊敬する気持ちと共に、遍路は人のために自分が成せる、それも困難な厳しい状況のもとで成せるという、利他の喜びを感じられるからではないか、というそんな気がしてなりません。

40 情（もてなし）

2022年1月

今日も二男の誠と一緒に巡った四国八十八カ寺巡礼のひとこまの話です。巡礼も半分を過ぎ、愛媛県に入った頃のことです。私たち二人はそのあたりからは、それまでの自転車での巡礼をやめ、いわゆる歩き遍路にしていました。残りの五十八カ寺は自転車という文明の利器に頼らず、厳しい環境で巡礼された昔の人々と同じように、文字通り自分の脚で巡礼してみたい、と思ったのです。

季節は夏、八月の初旬のうだるような暑い日でした。同じ歩くのなら時候の良い春先や秋になってからの方がラクですが、何しろ長旅ですから私の仕事の関係で思うように行かず、真夏を避けることが出来なかったのです。また、私も誠もすこぶる元気で、真夏だからと言ってそんなに苦にもなりませんでした。次の札所に向かって歩き始めますと、５㎞ほど歩くと何か自然に足が出てくるのです。何かぜんまい仕掛けのロボットのように「スッス」「スッス」と歩いて行けるのです。そうなると止まりたくないのです。

その時は約30㎞ほどの行程を二人で歩いていました。20㎞あたりまで順調に歩いてきた時、不意に呼び止められました。またその呼び止めた人は警察官でした。「あなた達はこのカンカン照りの中何をしているのですか？　巡礼ですか？　署に入りなさい」と警察署の中に入るように言われたのです。言われるままに入りますと、なんと冷たいオレンジジュースを出してくれたのです。「こんな暑い時に長時間歩いたら危険ですよ。ジュースを飲んで少し休んで宿まではタクシーかバスに乗って行ったらどうですか」と親切に言われました。私は誠に言いました。「四国や巡礼は凄いなあ。警察の人までが巡礼者にジュースをくれてや」と。誠も嬉しそうに「ニコッ」としていました。

その日の宿に着き、歩き疲れた足を揉み解してもらおうと思い、マッサージをお願いしました。その時に、60才ぐらいのマッサージのおばさんから巡礼者に対する四国の人の気持ちを聞いたのです。巡礼で歩いていると言いますと「私が小さい時、父親からよく巡礼のことを聞かされました。巡礼の人はわしらの代わりに回ってくれている。有難いことや。だから接待せなあかんのや」と。そして父親は巡礼の人によく一合のお米を上げていた、とそのマッサージのおばさんは言うのです。どこの誰とも分からない初めて会った人に、巡礼者ということでお世話をすることが、ごく自然に、当たり前のようにされてきたことを知りました。四国の人に尊敬の念を持ちますし、人を助けるとか協力するということが日常的に行われている環境の中で育ったという、このマッサージのおばさんのような四国の人達は本当に大切な素晴らしい教育をごく自然に受けて成長されているのやなあと思ったものです。

同時に、また巡礼者の方のことも考えました。いただいたものが生のお米一合ということで、その巡礼の困難さが想像出来ました。多分お金はあまりなく、おいしい温かい食事が着くなりすぐに出てくるような宿に泊まることはなかったのではないかと思います。疲れた体にムチ打って自炊をしなくてはいけないような安くて粗末な宿屋で横になり、時には野宿をしながら巡礼をされていたのやろうなと想像しました。

見ず知らずの巡礼者に一合のお米を手渡しする、その心の中には自分の代わりに歩いて下さって有難いという感謝の心があると言うのです。絶えることなく長い歴史を紡いできた四国八十八カ寺巡礼は、このような人と人との出会いに支えられてきたということ、お遍路の道中に繰り返されたであろう厳しいけれども心温まる場面を思い浮かべることが出来るような気がしました。

心地よいマッサージを受けながら、この時ばかりは、そのような厳しい環境の中で巡礼をしてこられた人に比べて、私はなんと贅沢なぬくぬくとした巡礼をしているのだろうと、恥ずかしくなりました。きれいに整備された道を20㎞ほど歩いた後、宿に着くなり風呂に入り、早速クーラーの利いた部屋で用意されたおいしいものをいただく、さらにはマッサージまで受ける。こんな贅沢な四国八十八カ寺巡礼は、空海さんからお叱りを受けるかもしれません。

あとがき

周囲の多くの人達が驚きながら言います。「あなたは元気やなあ。とても74才には見えんわ」とか「よくもまあ50kgもある女性を片手で高々と持ち上げられるもんやなあ！　しかも持ち上げて踊るなんて、考えられないわ」また、「身体の元気だけでなく、気持ちの方も若いねえ。その年で仕事の面でも次から次へと挑戦したり、考えたりする気力はどこから来ているの」などなど。

身も心もすこぶる元気な私を見てびっくりされるのです。自分でも思います。同じ年齢の人や、さらには年下の人に比べても私の方が元気やないか。意欲とか積極的な、前向きな気持ちという点では特に、です。何故こんなに身も心も元気なのか、私なりに考えますと、三つのことが大きな理由として考えられるのです。

一つには、健康に対する考え方です。妻が41才で不治の病を宣告され、現代医学ではいくら早期発見出来たとしても治療が難しいと病院から言われました。私は諦めきれず、何とかしたい、何とかできないかと、日夜思い悩み、考え続けた末に「自然療法」という考え方と出合いました。そして素人の私が考え、会得した健康回復・維持と治療法。それを実践してきたことが今の私の元気を支える何よりも大きな力になっていると思っています。検診での早期発見、早期治療が重要で、異常が発見されなければ大丈夫と考えている人が多くおられます。でも私は必ずしも早期発見、早期治療ありきだというふうには考えません。というより早期発見の前段階の生活習慣が重要だと思っています。適度な運動と私達に合った食事、良質な睡眠、さらには生きて行く上で目標や生き甲斐を持つこと。これらが若々しく健康的に年齢を重ねていく上でとても重要だと思うのです。そのように考えて心身の健康法を実践する生活スタイルが私を元気にしてくれていると確信しています。

進行性がんという妻の病気に対処してから27年になりますが、私自身はがん検診を受けたことはありません。と言って社員や他の人に検診を受けない方が良いなどと言うつもりはありません。検診の結果、問題がなければ「良かった、大丈夫」とストレスから解放されるだけでも良いことだと思います。ただ、検診を受けて結果が良ければそれで良いのではなくて、検診の前の日々の生活が大切であると言いたいのです。私自身の経験を通して、検診で異常が発見されなかったと安堵するより、異常が生じないように病気にならない心身の健康づくりを心掛けることが大切だと思うのです。

二つ目には、今までに失敗したこと、上手く行かなかったこと、後悔したことが数多くあります。また、過去の上手く行かなかった原因のほとんどは私自身の至らなさにあります。その他にも、例えばバブルの崩壊とかこの度の新型コロナとかの外的な要因で影響を受け、事業的にダメージを受けたことも多々あります。でも、私の場合はそういった逆境をバネにして前向きに考えてきました。そういう精神が若い頃の不遇の時期に育まれたと思います。どんな状況にあっても何とかしたい、頑張りたいという気持ちが消えることはなく、持ち続けられていることで元気さを維持出来ているのだとも思っています。

三つ目の理由は年齢から言って私の人生、生命があまり残っていないことです。私の生命があと何年あるのか、1年なのか、10年なのか、20年なのか、あるいは明日までなのか、私には分かりません。若い時は死を恐れる気持ちはあっても、間もなく死ぬと言う意識はありませんでしたが、今は死を意識します。その死の意識が、死ぬまでに自分の思っていることや目標や夢を実現したいという思いを強く後押ししてくれるのです。何かを成す時に、ずるいことや自分自身で恥じるようなことをして、死を前にした時に後悔をするようなこと、そんなことはしないと言う気持ちを与えてくれるようにさえ思います。

人生は不思議なものだと思います。辛いこと、悲しいこと、失敗、病気、老いること、さらには死の恐怖までもが結果的に私達に喜びや活力や生き甲斐をもたらし、さらには人生に深みを与えてくれるのではないかとも思えるのです。

この度私の手紙文が幻冬舎のおかげで出版されることになりました。大きな喜びです。しかし、あまりなことで、今でも「ほんまかなあ」と思っている気持ちの方が強いぐらいです。出版が決まってから、あと4話書こうと思い書き始めました。なかなか書けないのです。今まではお客様への感謝の気持ちで、自分の思いをすっと書けたのですが、言いたい内容はあるのですが、書けないのです。姉に相談しました。「出版されるとの思いで囚われが出てきたのやなあ。上手く書こうという気持ちが出ているのやなあ」と言い、さらに「この本を読んでくれる人に少しでもためになるようなことを書かせて下さいと神様にお願いしてから書いてみな。きっと書けると思うで」と姉は言うのです。私は大切なことを忘れていたのです。この本を書けること、またこのような状況を与えられたことに感謝する気持ちを忘れていたのです。だから上手く書こうとかの雑念が湧いて来たのです。このこと一つを取っても、私の至らなさを分かってもらえると思います。そのような未熟な私の本を読んでいただいたことに感謝します。ありがとうございました。

最後に幻冬舎　板原安秀様、浅井麻紀様に大変お世話になりました。厚く御礼申し上げます。

前田　明

本作は２０２２年１月に小社より刊行された単行本を文庫化したものです。

〈著者紹介〉

前田 明（まえだ あきら）

1947年11月京都府舞鶴市生まれ。

若い時から失敗が多く、大学も４年遅れて入学し、２年で中退。

26才で起業し、現在は４つの会社を経営している。

趣味は社交ダンスで、80才になっても大きなリフトを取り入れたダンスをすることが目標。

エフエム宝塚、ラジオ関西でパーソナリティーとしても活動中。

折節《おりふし》の記《き》
小《ちい》さな元気《げんき》のお便《たよ》り集《しゅう》

2023年3月1日　第1刷発行

著　者　　前田 明
発行人　　久保田貴幸

発行元　　株式会社 幻冬舎メディアコンサルティング
〒151-0051　東京都渋谷区千駄ヶ谷4-9-7
電話　03-5411-6440（編集）

発売元　　株式会社 幻冬舎
〒151-0051　東京都渋谷区千駄ヶ谷4-9-7
電話　03-5411-6222（営業）

印刷・製本　中央精版印刷株式会社
装　丁　　鈴木未来

検印廃止

Printed in Japan
ISBN 978-4-344-94347-6　C0095
幻冬舎メディアコンサルティングＨＰ
https://www.gentosha-mc.com/